白銀王の身代わり花嫁

～嘘とかりそめの新婚生活～

月森あき

illustration: サマミヤアカザ

白銀王の身代わり花嫁

～嘘とかりそめの新婚生活～

頭上に広がる青い空に、一羽のワシが悠々と飛んでいく。

その様を眺めながら、ラディアは太陽の明るさに目を細めた。

「……暑い」

季節は夏の終わりに差しかかっているが、海に囲まれたこの島は一年中温暖な気候のため、まだまだ陽射《ひざ》しが強い。

ラディアが木陰に移動しようと身を起こすと、こちらへ向かって一人の男性が駆けて来た。

「ラディア様、こちらにいらっしゃったんですね。族長がお呼びです。ジュエルと共に集会所へいらしてください」

「父様《とうさま》が？　わかりました。……ジュエル！　行くよ」

装具をつけた左腕を差し出すと、上空を飛んでいたワシが舞い降りて来た。

腕にとまったウミワシのジュエルは、少し不満そうな声を出す。

『もう戻るのか？』

「うん、父様が僕を呼んでるんだって」

『なら俺はここで待ってる』

飛行し足りないジュエルは、空へ帰ろうと翼《つばさ》を羽ばたかせ始めた。

「わっ、待って。ジュエルも一緒にって言われたんだ」

『……仕方ない、つき合ってやるか』

ジュエルは渋々腕に摑《つか》まり直してくれた。

その一連の様子を見ていた男性は、ジュエルがなんと言っているのか聞いてくる。

――やっぱり、彼には聞こえていないのか。

自分はこんなにはっきり何を言っているかわかるのに、彼にはジュエルの声は聞こえない。正確には、ジュエルがどんな言葉を発しても、彼にはただの鳴き声に聞こえるらしい。

だが、それが普通のことなのだ。

ラディアは物心ついた時から、ジュエルと同じように全ての鳥の声が聞こえている。

それはラディアだけでなく、二人の姉と幼い妹も同じだ。

鳥と会話出来るこの能力は、族長の直系女児だけに備わるものなのだが、どうしてかラディアも鳥の言葉を聞くことが出来た。

――弟のベルも父様も聞こえないのに、どうして僕だけ？

同じ疑問を父も抱いていたが、この能力があったおかげで、女性にしか許可されないパートナーとなる鳥を特例で与えてもらえた。

それがこのジュエルで、十歳からずっと一緒に生活し、家族のように大切な存在になっている。

ラディアはジュエルとのやり取りを簡単に男性に教え、族長の待つ集会所に向かって歩き出した。

丘を下りしばらく行くと、民家が密集した場所が見えてくる。

ラディアが道を歩いていると、庭の手入れをしていた女性が声をかけてきた。

「ラディア様、ジュエル、お散歩はもうおしまいですか？」

「うん。父様に呼ばれて。ジュエルはちょっと不満そうだけど。あ、ラグナが背中がかゆいって言ってるよ」

　女性は肩に乗っている真っ白なオウムに視線を向ける。

「まあ、そうなんですね。どうりでソワソワしていると思ったんです。教えてくださり、ありがとうございます」

　彼女はラディアにお礼を言い、さっそくパートナーの背中を撫《な》で始める。それを横目で見ながら、ラディアは父の待つ集会所へ急ぐ。

　その間にも人々から親し気に声をかけられ、ラディアも気さくに言葉を返しながら歩みを進めた。すれ違う女性たちは様々な鳥を連れており、多くは寿命が長いオウムだが、年配の女性の傍《そば》には鳥の姿はない。パートナーとして選んだ鳥が天寿を全うした場合、新たな鳥を迎えることは出来ない決まりになっているからだ。

　島民が連れている鳥たちはよく訓練されており主《あるじ》の傍を離れることはないが、どんなに長く一緒にいても一族の者ではない彼女たちは、パートナーの鳥の言葉を聞くことは出来ない。だから時々、ラディアが鳥たちの言葉を代弁し、彼女たちに伝えている。

「ラディア様、族長はこの中でお待ちです」

　民家が建ち並ぶ一帯を抜け少し行くと、五十人程が集まれる集会所が見えた。

　男性は中には入らないようで、室内に声をかけて族長にラディアを連れて来た旨を伝えると、一礼して立ち去る。

　ラディアは扉を開き、「あれ？」と心の中で呟《つぶや》いた。

一族と島民の集会所として使われている木造の建物の中には、楕円形のテーブルの前に父と、もう一人見覚えのない男性の姿があったのだ。

父はラディアを手招きし、自身の隣のイスに座らせる。

「ラディア、お前にもそろそろ本格的に族長の役割を教えていかなければいけない。同席しなさい」

「わかりました」

ラディアは次期族長。

父亡き後、長《おさ》として一族と島民をまとめなくてはいけない。

ラディアが自然と背筋を伸ばすと、父の向かいに腰かけた男性がにこりと微笑《ほほえ》みかけてきた。

「はじめまして。私はトールバルド国で国王の相談役を務めております、ハーベルと申します。このたびは、我が王の嫁取りに参りました」

「嫁取り？」

ラディアが生まれたクスタ島は、広大なカマナ大陸の南に浮かぶ島民千人程度の小さな孤島だ。

けれど、このハーベルのように、クスタ島には大陸全土から大勢の客人が訪れている。

それは、クスタ島から生まれたある女神の神話によるところが大きい。

今から五百年以上昔、各国の王はカマナ大陸全土を手中に収めようと、絶えず争いを起こしていた。

その長きに亘《わた》る不毛な争いの結果、大地は荒れ果て、そこで暮らす民も飢えに苦しむようになった。

そんな混沌《こんとん》とした時代に、クスタ島に特殊な能力を持った女性が生まれた。

彼女は生まれた時から鳥の言葉が聞こえ、神の使いとされているフクロウを従え、その声を代弁したという。

彼女は大陸の凄惨《せいさん》な状況を嘆き、神の加護をもって争いを鎮めようと単身大陸へ渡り、各国の王にフクロウの託宣《たくせん》を伝えた。

そうして、彼女を通じて神の言葉に触れた人々は争うことをやめ和平協定を結び、カマナ大陸は平和を取り戻したのだ。

やがて人々は大陸を救った彼女のことを女神と崇《あが》め、この話はいつしか女神神話と言われるようになり、現代まで語り継がれている。

この神話の主人公である彼女の直系子孫にあたるのが、女神一族であり、ラディアの一族だ。

一族の女性は鳥の言葉が聞こえる能力を持って生まれ、神話になぞらえ神の使いであるフクロウを授けられる。

現在、女神一族は諸国から神聖視され、女神の加護を受けると国が豊かになるとして、女児が生まれると国王の正妃《せいひ》として迎えられるようになっていた。

近年では、王族以外の権力者からもクスタ島の女性が花嫁に望まれるようになり、彼女たちにも一人一羽、フクロウ以外の鳥をパートナーとして与えられている。

そうしたことから、クスタ島にはたびたび大陸から花嫁を求め客人が訪れて来ていた。

どうやら目の前に座るハーベルも、国王の妻となる女神を求めこの地にやって来たらしい。

けれど、ラディアはすぐにある問題に気づき、隣の父に戸惑いの視線を送る。

「あの、嫁取りと言われても、今は……」

父もラディアの言わんとしていることを察し、重いため息をついた後、ハーベルに告げる。

「ハーベル殿、女神である娘二人はすでに嫁《とつ》いでいます。今、私の元にいるのは五歳のサリーだけなのです」

三ヶ月前に一番上の姉が、先月は二番目の姉が、それぞれ大陸の西と東に位置する国の王に正妃として迎えられた。女神一族で未婚者は、長男のラディアと十歳の弟、五歳の妹しかいない。

——父様は、まさかサリーを嫁に出すつもりなの？

トールバルド国は、大陸の北にある国。

領土のほとんどが山であり、とても寒くて雪というものが降るらしい。クスタ島からは海を渡り、陸路を馬車で移動して二週間かかる地にある。

そんな遠い国にまだ幼い妹を嫁がせることに、ラディアは反対せずにはいられなかった。

「父様、サリーはまだ五歳。国王の正妃となるには幼すぎます。フクロウも授かっていないのに、嫁に出すだなんて……」

「落ち着きなさい。私も同じ意見だ。ただ、ハーベル殿がどうしても引いてくださらないのだ」

父に諭され、改めてハーベルに向き直る。

するとハーベルはにこやかな笑みをかき消し、強い口調で言ってきた。

「我が国は今すぐ女神を娶《めと》りたいのです。それほど状況がひっ迫しております。どうか、女神をトールバルド国に迎えさせてください。結納金も、きちんと用意しております」

ハーベルは言い終わるや否《いな》や懐《ふところ》から重そうな布袋を取り出し、父の前に置いた。

クスタ島の女性を花嫁に迎える場合、多額の結納金を渡す決まりになっている。特に女神一族の娘を娶る王族は、それ相応の金品を支払わなければいけない。

クスタ島に暮らす人々は、その結納金によって非常に豊かな暮らしを送っていた。

ハーベルが差し出した膨らんだ布袋の中にもたくさんの金貨が入っているだろうことが、容易に予想出来る。

父もそれはわかっていながらも、難しい顔をするばかりで袋を受け取ろうとはしない。

両者は膠着《こうちゃく》状態を保ち、場の空気が重くなりかけた時、唐突にラディアの肩に乗っているジュエルが笑い出した。

『こいつは五歳の子供を嫁に娶りたいと言っているのか？　女神だなんだともてはやしているが、所詮、ただ鳥の言葉がわかるだけの人間なのに。そんなことも知らず、人とは愚かなものだな』

「ジュエル、しっ」

『ふん、どうせ俺の言葉はこいつには理解出来ない』

失礼な口ぶりに咄嗟《とっさ》にジュエルを注意すると、それを見たハーベルが怪訝《けげん》そうな顔をした。

「……もしや、あなたも鳥と話せるのですか？」

「えっと、まあ、そうです」

「女神一族の女性にしか発現しない能力と聞いていましたが、なるほど、稀《まれ》に能力を持った男性も生まれるんですね」

「いえ、僕が初めてみたいです」

「ほう！　そうなのですか。あなたは特別な人なんですね」

ハーベルは興味深そうに頷《うなず》いている。

話題が逸《そ》れてしまい、族長である父は咳《せき》ばらいを一つして話を戻した。

「それで、嫁取りのことについてですが、一族の決まりで、フクロウを与えられるのは十歳と決まっております。フクロウを持たぬ娘を嫁がせても、トールバルド国の方々はサリーを女神だとは認めないでしょう。サリーが十歳を迎えた時に、またいらしてください」

父はきっぱりとトールバルド国への嫁入り話を断り、ラディアもホッと胸を撫で下ろす。

ところが、ハーベルは鬼気迫る勢いで机に身を乗り出し、頼み込んできた。

「我々には女神が必要なんです！　五年も待てません。どうか、女神を迎えさせてください……！」

「……先ほども『ひっ迫している』とおっしゃっていましたが、何か事情がおありなのですか？」

ハーベルは苦悶《くもん》の表情を浮かべながら、自国の窮状《きゅうじょう》を口にした。

「我が国は山岳地帯にあるため、一年の半分が厚い雪に覆われておりました。ですが、十年ほど前から気候が変化し、一年のうち九ヶ月も雪が降るようになってしまったのです。そのような地では作物も育てられず、狩りも難しい。財政は苦しくなる一方です。先代の国王は心労がたたったのか、一昨年急逝《きゅうせい》されました。現在は、先代のご子息であるクライス様が王位に就き国を立て直そうと心を砕いておられますが、状況は改善せず……。そこで、一縷《いちる》の望みをかけて、女神をお迎えすることにしたのです」

——そんな事情が……。

雪を見たことがないラディアには、トールバルド国の現状を全て理解することは出来なかったが、ハーベルの悲壮な様子から、とても厳しい環境にあるのだということは伝わってきた。

しかし、やはり今すぐ嫁に出せる女神がいない以上、今回の申し入れは断る他ない。

「トールバルド国がどれほど辛《つら》い状況にあるのか、よくわかりました。ですが、それでも五歳のサリーを貴国に嫁がせるわけには……」

「なら、娘でなくともかまいません！」

ハーベルは一際《ひときわ》大きな声で言い、イスから立ち上がった。

「正妃という立場にはなりますが、女神は神聖な存在です。確か、夫である国王ですらも、女神には触れられない決まりがあると聞いたことがあります。女神は神の使いであるフクロウの言葉を国王を始め民に伝える存在で、子供をもうけ血筋を絶やさぬようにする役割は担っておりません。でしたら、女神の子孫であり鳥を従えている、ラディア殿でかまいません！」

――ぼ、僕!?

直接関係がないと思っていた嫁取りの話に突然名前を出され、ポカンと口を開けてしまった。

――花嫁を迎えたいって話なのに、どうして僕が？

ラディアが困惑していると、父が代わりに疑問を口にした。

「ハーベル殿、ご自分が何を言っているか、理解なさってますか？　ラディアは男です。女神ではありませんし、嫁に出せるわけがありません」

「サリー殿が駄目なら、ラディア殿に女性を装い我が国に来ていただくしかない。……もう、この方法しかないのです。我が国にはどうしても女神が必要なんです。女神がいれば民の希望になる。あと一ヶ月もしたら、我が国は雪で閉ざされます。長く辛い冬を乗り越えるために、女神の加護という希望が必要なんです」

ハーベルは項垂《うなだ》れるように頭を下げて、聞いているこちらの胸が痛むほど切々と訴えかけてくる。

「このままでは、先代の後を継がれたクライス様も心労で倒れてしまわれるかもしれません。クライス様は国のこと、民のことを第一にお考えになっているお方です。そんなお優しい方だからこそ、クライス様は、我々家臣もお慕いし、微力ながら何かお役に立ちたいとお傍についております。ですが、クライス様私共に心配をかけまいと、全てお一人で抱え込んでしまわれるんです。もし、女神がクライス様のお傍にいれば、きっと我が王の心をお慰め出来ると思います。何もしなくていい、ただクライス様の心が少しでも穏やかになるよう、どうかお力をお貸しください」

ハーベルは仕えるべき主を心底心配しているようで、その場に平伏してきた。

ここまで苦しい内情をさらけ出されては、父も無下に出来なくなってしまったようだ。

顔の前で手を組み合わせ、熟考する。

「……お気持ちはよくわかりました。ですが、幼いサリーは元より、男のラディアを嫁がせるというのも無理があります。息子は母親に似て線の細い容姿をしておりますが、一言でも声を発すれば男だと知られてしまうでしょう。性別を隠し通せるとは思えません。何より、女神と偽《いつわ》るなど、神の言葉を伝える我が一族の名を汚す行為です」

父が苦渋の決断でサリーとラディア両方の嫁入りを断ると、ハーベルが勢いよく顔を上げ、覚悟の滲《にじ》む声音《こわね》で告げてきた。

「先ほどお伝えした通り、誰一人ラディア殿には指一本触れさせません。夫となるクライス様と寝所を共にする必要もない。ただ、女神としてお傍にいてくださるだけでいいんです。あなたが男であることは、誰にも言いません。クライス様にも秘密にします。女神と偽る罪も、もし万が一あなたの正体が知られてしまった時の責任も、全て私が背負います」

ハーベルの熱意に押され、ラディアはすぐさま突っぱねることが出来なかった。

父は毅然《きぜん》とした顔で口を開きかけたが、それをハーベルが遮る。

「私は命をかけて、女神をお迎えに参りました。サリー殿を花嫁として送り出せないとおっしゃるのなら、ラディア殿をクライス様の花嫁に迎えさせてください。ラディア殿を我が国に連れて帰れるまで、私はここから一歩も動きません！」

ハーベルはなんと言われようと、決して諦めるつもりはない様子だ。

それでも、あまりにも突飛な提案すぎる。

当然、断るだろうと思っていたのに、長い沈黙の後、口を開いた父は予想外の答えを告げた。

「……わかりました。ラディアを嫁に出しましょう」

「と、父様!?」

「お前が拒否するなら、サリーを嫁がせる」

「そ、そんな……っ」

――どうして、トールバルド国の言いなりに!?

女神一族はその特異な立ち位置ゆえに、王族から嫁にと望まれたとしても、族長の判断で拒否することが出来る。

それなのに、どうしてこの話を受け入れるのか理解出来なかった。

「実はハーベル殿は、三日続けて私の元を訪れているんだ。何度断っても、決して諦めようとなさらない。その理由が国が傾くほどの事情を抱えていたからだと知った以上、受け入れざるを得ない」

そこでフッと言葉を切り、族長から父親の顔になった。

「それに、ここまで家臣に想われている国王なら、きっと嫁に行っても無茶な要求はしてこないだろう。民に深い愛情を注いでいるからこそ、民から同じように愛されている。そのような国王になら、大事な息子を任せられる」

確かに、ハーベルにここまでの決意をさせる国王が悪い人だとは思えない。

しかし、やはり男の自分が性別を偽り、一国の王に嫁ぐというのは納得出来なかった。

――だって、僕は父様みたいな族長になるんだって思ってて……。

ここ、クスタ島では女性の地位が高い。

対照的に男性の立場は弱く、一人でも多くの女児をもうけることが義務とされている。

島に生まれた男児は、幼い頃から島の学校で学問を学び、十五歳で卒業してからは畑を耕したり漁に出たりと、島の仕事をして日々を過ごす。

女児の場合は、学校を卒業してから二十歳《はたち》までは専用の寮で暮らし、他国の権力者に嫁にと望まれれば嫁ぎ、良縁に恵まれなかった者は実家に戻って島の男性と結婚することになる。

これがクスタ島の習わしであり、外の世界を知らないラディアにとっては当たり前のことで、なんの疑問も抱かずに十七歳の今日まで暮らしてきた。

そしてこれからもこの島で暮らし、時が来たら父と同じように島の女性と結婚して女児をもうけ、いずれは女神一族の族長として島民の暮らしを守っていくのだと、そう思っていたのだ。

それなのに、まさか女神として遠く離れた北の国に嫁ぐだなんて、戸惑って当然だろう。

なんとか二人を思いとどまらせようと、ラディアは必死に結婚を回避する理由を探した。

「で、でも、僕が嫁に行ったら、次の族長が……」

これでも自分は後継ぎだ。

自分がトールバルド国に嫁いでしまったら、次期族長が不在になってしまう。

こう言えば、少なくとも父は考え直してくれると思っていた。

ところが、すかさずハーベルが横から口を挟んできた。

「この先ずっと我が国の女神に、とは申しておりません。サリー殿が十歳になりフクロウを受け取ったら、ラディア殿を女神一族にお返しし、改めてサリー殿を花嫁として我が国にお迎えさせていただきたい。ラディア殿には五年間だけ、身代わりの花嫁をお願いしたいのです」

「そんなことが出来ますか？　途中で入れ替わったら、さすがにバレてしまうと思いますけど」

「五年後に、ラディア殿には病気になっていただきます。そして療養のためにクスタ島へ帰っていただき、代わりにサリー殿を新たな女神としてお迎えします。ようは、我が国に女神がいればいいんです。最終的に本物の女神が正妃となれば、問題ありません」

彼が言うほど上手く事が運ぶとは思えず、ラディアは眉《まゆ》を顰《ひそ》めたが、父に諭される。

「ラディア、私たちがなぜ女神一族と呼ばれているのか、それを忘れたのか？」

その言葉に、ハッと目が覚めるような思いがした。

初代の女神は人々が傷つく姿に心を痛め、慈悲の心で争いを治めた。

今でこそ、島の人々の暮らしを守るために結納金と引き換えに女神を嫁がせているが、神話となった女神は、ただただ傷ついている人を救いたいという一心で動いたのだ。

そうして今、目の前にいるハーベルは自国の困窮を訴えているのだから、初代女神の血を引く子孫ならばその意志を継ぎ手を差し伸べるべきだ、と父はラディアに伝えたいのだろう。

ラディアが言葉を失っていると、父は静かな声音で告げてきた。

「荷物をまとめて、トールバルド国へ行く準備をしなさい。一族と島民には、これから五年間、お前は他国に勉強に行っていることにする。五年後にサリーが嫁ぐまで、トールバルド国で女神としての役割を果たすんだ。一つの国を救うためとあれば、身を偽る行為もきっと神は許してくださる」

――僕も、女神の血を引いている。

次期族長ならばなおさら、人々の幸せのために出来る限りのことをするべきだ。

ラディアは心を決め、しっかりと頷いた。

「はい。わかりました」

正直、見知らぬ国へ女神と偽り嫁いでいくことへの不安は拭えない。

けれど、今ようやく自分は女神一族の人間なのだと、実感することが出来た気がする。

男であっても一族の人間として、神話を汚すような行いをしてはならない。
戸惑いと重責を胸に抱きながら、ラディアはトールバルド国へ嫁ぐことを承諾した。

「はあ……」

ラディアは何度目かわからないため息を無意識に吐き出す。

『なんだなんだ、辛気臭い顔をして』

ジュエルは気落ちするラディアを励まそうとしてか、茶化すように言ってきた。

しかしラディアの心は晴れず、不安いっぱいの顔でつい心の内をこぼしてしまう。

「だって、まさか自分が国王に嫁ぐだなんて、考えたこともなかったから」

『お前が了承したんじゃないか。嫌なら全力で駄々をこねればよかったのに。ほら、子供の頃に、僕も女神になりたいって泣き喚《わめ》いた時みたいに。よかったな、子供の頃の願いが叶《かな》って』

「あれは僕だけ仲間外れにされてるみたいで、嫌だっただけだよ。何も知らない子供だったから言っちゃっただけ」

馬車の中に漂う暗い空気を払拭しようとしてくれたのだろうが、今は笑って返すことが出来ない。

トールバルド国のためになるのならと承諾したものの、実際に女性用のワンピースを着せられ島を出たら、やっぱりどうしても不安を感じてしまった。

本当にこれは正しいのだろうか。男の自分が女神として嫁ぐだなんて……。

島を出て時間が経《た》つにつれ、迷いが生じてきている。

「はあ……」

『またため息が出てるぞ。もうすぐ着くんだろう？　花婿《はなむこ》の前では、笑顔の一つくらい見せてやれよ？　暗い顔をした女神なんて、心象が悪くなるぞ？』

「わかってるよ」

大陸の南の海に浮かぶクスタ島を出て二週間が過ぎ、十月に入った。

島ではまだ陽射しが温かい頃合いだが、北へ北へと馬車が進むにつれ肌寒さを感じるようになり、五日前にトールバルド国の領土に入って高くそびえる山を登り始めて少しすると、白い雪が降り出したのだ。

初めて見る雪は綿毛のようにフワフワと空から舞い降りてきて、窓から出したラディアの手のひらに落ちると、一瞬で溶けて消えてしまった。

それが物珍しくてしばらく雪を受けていたものの、数分経つ頃には手が痛みを感じるほど冷たくなった。

馬車の中にも冷気が入ってきて車内の温度が下がってしまい、窓を閉めて用意されていた防寒具のコートを着込み、寒さから身を守って過ごした。

このコートという毛皮で作られた上着を着るのも、身体《からだ》が芯から冷えるという体験も、ラディアにとっては初めてのことだった。

その後、雪は次第に強くなり、やがて景色がはっきりと見えなくなるほど吹きつけてくるようになった。

馬車の御者《ぎょしゃ》にも道は見えていないだろう。

どこかで雪が落ち着くまで馬車を停《と》めて待機するだろうと思っていたのに、トールバルド国の者はこの天候に慣れているようで、馬に乗って道を先導するハーベルも御者に停車するよう指示を出すことはなく、ひたすら進み続けた。

　途中、トールバルド国の領地内に点在している村々に立ち寄り、休憩したり夜を明かしたりしたが、うっすらと雪が積もった地面に足を下ろすと少し沈み込み、初めての感覚にとても驚いた。

　それからも雪は降り続け、ろくに外の景色が見えない状態だったが、少し前からやっと吹雪《ふぶき》が止《や》んだようで、窓から太陽の光が差し込んできている。

『景色でも見て、気分転換をすればいい。ほら、明るいぞ』

　ジュエルは軽く翼を羽ばたかせ、窓辺にとまる。そうして外を眺め、突然、大きな声を出した。

『なんだこれは!?　真っ白じゃないか！』

「真っ白？　どういうこと？」

　ジュエルの大声に、ラディアも窓の外に目を向ける。

　そこには、白銀の世界が広がっていた。

　見える範囲全て真っ白で、一帯が純白のベールで包まれているようだ。こんな光景、今まで見たことがない。

「え、何これ？　まさか、雪？」

　手のひらに乗せた時ははかなく溶けて消えてしまったのに、今は大地を全て覆い隠すほど降り積もっている。太陽の光を受けて、どこもかしこもキラキラと輝き、まるで宝石のようだ。

『雪と言ったか!?　これ全部雪なのか!?』

　ジュエルは興奮して翼をバサバサさせる。ラディアにも翼があったなら、きっと同じように羽ばたかせただろう。

そのくらい、光り輝く白銀の大地は美しかった。

「すごく、綺麗《きれい》だね」

――これが、トールバルド国。

一年のうち大半を、真っ白な雪に包まれる北国。

ハーベルの言葉を聞いた時は、厳しい天候に見舞われる暗く淀《よど》んだ国といったイメージを抱いていたが、実際にこの目で雪の大地を見て、一瞬でその想像は吹き飛んだ。

無心で景色を見ているうちに、いつの間にかラディアの鬱々《うつうつ》とした気分も晴れ、美しい雪原に心を奪われる。

ジュエルも同じ気持ちなのか、ずっと大騒ぎしていた。

「ふふ、まだまだ少年のようですね」

雪にはしゃぐ二人の様子を見て、向かいの席に座るアイルが笑い声を上げた。

「私と二人きりの時はいいですが、トールバルド国の皆様の前では、女神らしくおしとやかにしてくださいね」

「わかってる。でも、アイルだって雪を見たのは初めてでしょう？　もっと近くで見たら、きっと驚くと思うよ？」

アイルの細い手を掴み窓辺に寄らせると、外を見た彼女は感嘆のため息をついた。

「綺麗な景色ですねぇ。ラディア様がはしゃいでしまうのも無理はありませんね」

彼女はラディアの乳母を務めていた女性で、年齢は今年で五十歳。女神となったラディアの付き人として、遠く離れた地へ一緒に来てくれた。長旅に疲れを感じているだろうに、道中何かと気にかけてくれている。

「……ごめん。こんな遠くまで連れて来ちゃって」

「かまいませんよ。ラディア様の乳母をしていなかったら、一生この綺麗な景色を見られなかったでしょうから。それに、こう見えて私は、トールバルド国での生活を楽しみにしているんです」

アイルはラディアが気にしないように、優しい言葉をかけてくれた。

──アイルとジュエルがいるなら、大丈夫。

自分がいつまでも難しい顔をしていたら、ついて来てくれた二人を困らせてしまう。

ラディアはアイルのように、トールバルド国での生活を楽しむくらいの気持ちでいようと頭を切り替える。

その時、ふいに外から馬車の窓をノックされた。

馬に乗り馬車と並走しているハーベルが、口を動かして何か伝えようとしている。

アイルが窓を開けると、そこからひんやりと凍えるような冷気が入り込んできて、ラディアは首に巻いた毛皮のマフラーに顔を埋める。

「ラディア様、もうすぐ城が見えてきます。お約束したことを、覚えていらっしゃいますか？」

ラディアはコクリと頷く。

トールバルド国へ嫁入りするにあたり、事前にハーベルと入念に作戦を立てていた。

背格好については、身長は百六十五センチと小柄で身体つきも細身だから女性に見えなくもない。けれど、やはり骨格は男性のもので、女性のような丸みはない。男だとすぐばれてしまうのではないかと心配したが、ハーベルが言うには、トールバルド国では寒さ対策で厚着するため、身体のラインはある程度は誤魔化《ごまか》せるそうだ。

少しでも女性に見えるように髪は長い方がよかったのだが、さすがに二週間ではどうにもならなかった。現在、ラディアのオレンジ色の髪は耳と襟足が隠れる程度の長さしかないが、元々が中性的な顔立ちのため、見た目は大丈夫だろうということになった。

それに、ラディアは神話の女神と同じ、金色がかったグリーンの瞳を持っている。この瞳は女神一族に時々現れる色合いで、オレンジ色の髪から覗《のぞ》く金色を帯びた瞳がより一層、女神であることを印象づけるだろう。

ただ、声ばかりはどうしようもない。

男にしては高い声質だが、それでも女性的な細く柔らかな声色は出せない。

考えた末に、トールバルド国にいる間は、極力声を出さないようにすることになった。

ハーベルも呼び方を『ラディア殿』から『ラディア様』に変え、本物の女神だと思って敬意を払って接するよう心がけると言っていた。

「私がフォローします。ラディア様はそう深刻にお考えにならなくてよろしいですから」

顔を強張《こわば》らせたラディアを見て、ハーベルがひっそりと囁《ささや》く。次に彼の視線は肩にとまるジュエルに向いた。

「そろそろジュエル様のお支度も。外は冷えます。ご用意したベールを着せて差し上げてください」

暗にジュエルの姿を見られないように、と注意され、ラディアは慌てて窓を閉める。

「ジュエル、少し窮屈だろうけど、我慢してね」

『おう、覚悟の上だ』

ジュエルは気楽な返事を返してきた。

その様子に少し、申し訳なさが募る。

女神は鳥と話せる能力を持っているが、鳥たちが重要なことを教えてくれるわけではない。ジュエルが話すのは、人間とそう大差ない他愛ない話ばかりだ。

実は、クスタ島を出る前に、神の使いであるフクロウを連れて行くように父から提案された。

少しでも本物の女神らしくするためだろうが、ラディアはジュエルと離れ離れになりたくなくて、それを拒んだ。

――ジュエルがいない日々なんて、耐えられない。

ジュエルとの出会いは、今から七年前。

十歳になった時に、特例で鳥を一羽与えると言われ、渡されたのがウミワシのオスの雛《ひな》だった。

だが、ワシは育ちにくい鳥で、成鳥になる割合が低い。

その日からラディアは睡眠時間を削って懸命に雛の面倒を見て、なんとか成鳥まで育て上げたのだ。

常に行動を共にして、一緒に成長し、ジュエルとは兄弟のような親友のような関係を築いている。

だから、トールバルド国へも共に行きたいと思ってしまったが、自分が離れるのが嫌だからと強引に連れて行くわけにはいかない。

出発前にジュエルについて来てくれるか尋ねたら、彼は『そのつもりだ』と当たり前のように言ってくれた。

ラディアは喜んだが、ハーベルはジュエルの存在をとても心配しており、人前に出る時は必ず防寒具を着せることになっている。

ラディアはさっそくジュエルの身体に厚手のベールを被《かぶ》せ、頭から尾まで覆い、その上から毛皮の防寒具をマントのように羽織らせて首のところを紐《ひも》で結んだ。これなら一見してワシだとはわからないだろう。それにジュエルはワシとしては小型なので、体高もフクロウとほぼ同じだ。

——出来る限りの対策は考えた。

それでも、五年間は長い。アイルとハーベルの協力を得ながら、なんとか乗りきるしかない。

馬車は悪路を進み続け、太陽が傾き始めた頃に城の近くまで到着した。

ハーベルに合図され窓から外を見ると、高い石壁に囲まれた灰色の大きな城が、夕日を浴びて雪の中に静かに佇《たたず》んでいる。

——あれが、トールバルド国のお城……。

小さな島で育ったラディアは、城というものを見たことがない。

大陸から入ってきた本には、カラフルな国旗が掲げられている華やかな城の絵が描かれていた。

しかし、目の前にそびえたつ王の居城は、大きく堅牢《けんろう》そうではあるものの、国旗を飾っていないからか、いくぶん地味な印象を受けた。

馬車は城壁の門を潜《くぐ》り抜け、敷地内へと進んでいく。

門から城までは少し距離があり、雪を端に除《の》けて作られた道を馬車は進み、少しして停車した。

「ラディア様、到着いたしました」

外からハーベルの声が聞こえ、緊張から心臓の鼓動が速まる。

――僕はこの馬車を降りた時から、女神になるんだ。

覚悟していたものの、いざその時を迎えるとどうしても身構えてしまう。

そんなラディアの耳元で、ベールを纏《まと》ったジュエルが激励してきた。

『どうした？　お前は今日から国王に次ぐ権力者になるんだ。贅沢《ぜいたく》し放題なんだから、もっと喜べ』

「君は前向きだね」

『俺はラディアがいて美味《うま》い肉が食えるなら、住処《すみか》なんぞどこでもいい。ほら、降りるぞ。俺は腹が減ったんだ』

ジュエルに急《せ》かされ、アイルに目配せする。

彼女がハーベルに声をかけると、外から扉が開かれた。

「ラディア様、お足元にお気をつけください」

ハーベルに促され、着なれないワンピースのスカートの裾を摑み、城の入り口へと進む。

城の外には、花嫁となる女神を出迎えるために使用人たちが整列していた。彼らの前を通る時、使用人たちは一様にその場に膝をつき、歓迎の挨拶《あいさつ》をしてくれる。

――国王の花嫁になるって、こういうことなのか。

ラディアは族長の家系に生まれたが、男性の地位が低い一族のため、ここまでの敬意を持って接されたことはない。だから、この待遇はとても落ち着かなかった。

ハーベルに先導され城内に入ると、外よりはいくぶん暖かく感じた。けれど、とてもコートを脱げる温度ではない。

「すぐに式が始まるそうです。ラディア様も式のご準備をお願いいたします」

――式？

なんの式だろうか。

ラディアが怪訝な顔をすると、ハーベルが「結婚式です」とこともなげに告げてきた。

――け、結婚式!?

国王の正妃として迎えられたのだから、結婚式が行われるのは当然と言えば当然だ。けれど、まさか着いてすぐに式が行われるとは思っていなかったので驚いてしまう。

――こんなに早く？

理由を尋ねるようにハーベルを見ると、彼がこの国ならではの事情を説明してくれた。

「今年は雪が早く降り始めました。今後、吹雪に見舞われることも多くなります。外が吹雪いているよりは、晴れた日に結婚式を挙げたいものでしょう？　女神に最高の結婚式を、とのクライス様のご配慮です。日が暮れる前になんとか間に合ってよかったです」

――だからって、到着してすぐになんて……。

ハーベルの言葉を聞いてもラディアは納得がいかなかったが、それ以上何も言わずに彼はさっさと廊下を歩き出してしまった。

――しゃべれないのって、思った以上に不便かも。

聞きたいことがあっても質問出来ない。身振り手振り、または筆談で伝えることになるが、それだと時間がかかる。

この状態で五年間も暮らせるのか、とても心配になってきた。

不安いっぱいの表情でハーベルの後ろをついて歩く。

紺色の絨毯《じゅうたん》が敷かれた薄暗くなりつつある廊下を、壁にかけられた蠟燭《ろうそく》の炎が照らしている。

ある一室へ通されると、ハーベルとはここでお別れのようで、扉のところで一礼して去って行った。

室内は廊下と違い暖かく、壁際の暖炉に火が入れられている。

反対側の壁には白いドレスとベールがかけられており、大きな姿見とドレッサー、そして五人のメイド服を着た女性たちが待ち構えていた。

「ご結婚おめでとうございます」

「おめでとうございます」

彼女たちはいっせいに床に膝をつき、祝いの言葉を述べてくる。

ラディアが小さく頷くと、「ご準備をさせていただきます」と言い、使用人の一人が毛皮のコートに手を伸ばしてきた。

――ま、まずいっ。

ラディアはコートの前を摑み、その場にしゃがみ込む。

使用人たちは顔を見合わせた後、躊躇《ためら》いがちに再度手を伸ばしてきた。

声を発することが出来ないため彼女たちを止められない。ラディアが身を強張らせると、アイルが進み出て、使用人たちを叱りつけた。

「女神様に触れようとするだなんて、どういうつもりですか」

戸惑う使用人に向かって、アイルはさらに続ける。

「女神様には、たとえ夫となる国王でも指一本触れることは許されておりません。神聖な女神様に、使用人のあなたたちが触れられるわけがないでしょう？　触れていいのは、クスタ島の者のみと決まっているんです。ラディア様の身支度は私が一人でしますから、あなたたちは出て行ってください」

アイルが語気を強めて言い放つと、使用人たちは恐縮したように一礼し、そそくさと部屋から出て行った。

扉がしっかり閉まったのを確認してから、小声でアイルに礼を言う。

「ありがとう、アイル。助かったよ」

「いえいえ、お安い御用ですよ。さあ、早く支度しましょう。……まあ、こんなに綺麗な花嫁衣装、見たことがないですわ。アンティークかしら」

アイルは純白のドレスに指を滑らせ、感嘆の吐息をこぼす。

ラディアはアイルに手伝ってもらいながらドレスに着替え、髪をセットし、薄く化粧を施してもらった。

「あらあら、こうしてお化粧すると、奥様によく似てらっしゃいますね」

「そうかな」

「ええ。ラディア様のお母様《かあさま》は、島で一番の美人でしたからね。お嬢様方もお美しいですが、ラディア様も奥様やお嬢様に負けず、お綺麗ですよ」

「はあ……」

綺麗だと言われても特段嬉《うれ》しくなくて、つい気のない返事をしてしまう。

「お立ちになって、姿見でご自身のお姿をご確認ください。きっと驚きますよ」

アイルはニコニコしながらラディアの手を引き、大きな鏡の前に立たせる。

鏡には、真っ白で光沢のある生地に、銀糸でパールが縫いつけられたドレスを纏った、母や姉によく似た顔立ちの自分が映っていた。ドレスの上からは白い毛皮のマントを羽織っているので、そのおかげで骨格が誤魔化せている。

肩に乗ったジュエルもお揃《そろ》いのデザインの厚手のベールを被らされており、これならフクロウだかワシだかはわからないだろう。

ラディアも頭にベールを被っているがこちらは薄い素材で、オレンジの髪につけた髪飾りや金色がかった緑の瞳、薄い赤珊瑚《あかさんご》色の口紅が塗られた唇が透けて見えている。

「……変じゃない？」

「どこからどう見ても、美しい女神の花嫁ですよ」

自信を持って、と言わんばかりに背中を叩《たた》かれ、ラディアは眉を顰めた。

——女の人って、大変だなぁ。

道中着ていたワンピースも気を抜くと裾を踏みそうになったし、今着ているドレスはもっと裾が長く引きずって歩くことになる。ベールや髪飾りで頭も重いし、全体的にとても窮屈で動きにくい。

アイルは花嫁姿をニコニコしながら見つめてくるが、ラディアはとても複雑な心境だ。

——指一本触れられないはずだけど、本当に大丈夫かな？

五年間も、夫となるトールバルド国の王を騙《だま》せるだろうか。もし途中で男だとばれてしまったら、いったいどうなってしまうのか……。

きっと、女神一族はトールバルド国の怒りを買い多額の慰謝料を請求され、最悪の場合には兵を差し向けられるかもしれない。

責任の重さに押し潰されそうで、表情が曇ってしまう。

その時、部屋の外からハーベルの声が聞こえてきた。

「ラディア様、お支度はおすみでしょうか？　ご準備が整いましたら、広間へご案内いたします」

「ただいま参ります」

アイルが返事をし、ラディアの手を引いて扉を開ける。

廊下で控えていたハーベルはラディアの姿を確かめ、茶色の瞳を軽く見開き満足そうに頷いた。

「そのドレスは、トールバルド国の王族に代々受け継がれている花嫁衣装なんです。よくお似合いですよ。とても美しい女神です」

ハーベルにもそう言ってもらえ、男だと一目でばれる恐れがないことにホッとしつつも、やはり心の底からは喜べない。

反応に困って神妙な顔をしていると、ハーベルが歩きながらこれからの予定を教えてくれた。

「広間で結婚式を執《と》り行い、その後、ラディア様がお過ごしになるお部屋にご案内いたします。そう緊張なさらずとも、すぐに式は終わりますよ」

国王の婚礼であれば何日もパーティーが続く催事ではないだろうか。誓いの言葉を言ってすぐに解放されるとは思えない。

それを伝えたいのに、使用人たちも周りにいる状況では声を出せなくてもどかしい。

ドレスの裾を踏まないよう気をつけながら廊下を進み、ハーベルに導かれて大きな扉の前にたどり着く。

ハーベルは扉の前の場所を開け、これからラディアがやるべきことを説明してくれた。

「広間には重臣たちが勢揃いしています。ラディア様は、扉から真っ直ぐ伸びる通路を歩き、祭壇の前に立つクライス様の元へ行ってください。後は、ただ立っているだけで結構ですので」

ラディアが頷き扉の前に立つと内側から開かれ、ハーベルが言った通り深紅《しんく》の絨毯が敷かれた道が一本通っていた。その両側には家臣たちが立ち並び、いっせいにこちらへ視線を集中させる。

——こんなに人が……。

大勢の人々から注視され、張り詰めた空気を全身に浴び、緊張から一歩が踏み出せない。

心配したハーベルやアイルが扉の陰から声をかけてきたが、どうしても足が動かなかった。

——ど、どうしよう。

早く歩かなくては、と焦れば焦るほど足が震え、立っているだけで精一杯の状態になってしまう。

女神一族のためにも、そつなく式をこなさなくてはいけない。

少しでも不信感を持たれてしまったら、そこから嘘《うそ》が暴《あば》かれてしまいそうで、そんなことを考えていたらどんどん不安になっていった。

——ジュ、ジュエル……っ。

肩に乗せたジュエルに視線を送るが、厚手のベールに遮られアイコンタクトが取れない。

ジュエルにも助けを求められず、軽いパニックに陥って俯《うつむ》くと、周囲の人々がざわめき出した。

まさかもう偽物だとばれたのかとドキリとしたが、家臣たちはラディアでなく、祭壇の方を見つめているようだ。

家臣たちが見守る中、一人の男性が大股でこちらへ向かって歩いてくる。

「大丈夫か？」

目の前で足を止め、周りに聞こえないよう声を落として囁かれた。

ラディアが視線を上げると、ジュエルが好きな空の色と同じ、青い瞳と目が合った。

白い婚礼衣装に身を包み、すらりと背の高い二十代半ば頃の男性は、銀色の髪を揺らしながら心配そうな面持《おもも》ちで顔を覗き込んでくる。

「長旅で疲れているだろうに、急かしてすまなかった。式は中止しよう」

突然のことに驚いて呆然《ぼうぜん》としていると、男性は扉に向かって言った。

「彼女の付き人はそこにいるか？　今日の式は中止する。彼女を部屋で休ませてやってくれ」

彼の宣言に、家臣たちから反対の声が上がる。

「クライス様、お待ちください。式だけは……」

「今日でなくともかまわないだろう？　彼女の体調が回復してからすればいい」

「宣誓すれば、すぐに終わりますので」

――クライス様って、トールバルド国の国王だ。

彼が、この雪深い国の若き王。

そして、自分の夫となる人。

――ど、どうしよう。僕のせいで、結婚式が中止になっちゃう。

ラディアは青くなりながら、式を続けて大丈夫だと言おうとした。

しかし、言葉を発することは出来ず、どうやって知らせればいいのかとオロオロしてしまう。

狼狽《うろた》えるラディアに気づかず、クライスは「ではすぐにすませよう」と言って祭壇に掲げられたトールバルド国の国旗に向かい、誓いの言葉を口にした。

「私、トールバルド国・国王クライスは、女神・ラディアを妻とし、共にこの国を守っていくことを誓う」

クライスはこちらに視線を移し、同じように宣誓するよう促してきた。

けれど、ラディアは話せない。

困ってしまって、声は出さず口だけを動かし「話せないのです」と伝えた。

彼はラディアが言葉を発せられないことは聞かされていなかったようで、一瞬驚いたように目を瞠《みは》ったが、すぐに柔らかな笑顔を向けてきた。

「なら、頷くだけでいい。そなたも私を夫として、共にこの国を守ると誓うか？」

ラディアは国旗を見、しっかりと頷く。

それを見届け、クライスは式の終わりを宣言し、アイルを呼び寄せラディアを休ませる指示を再び出した。

「さあ、行きましょう」

アイルに手を引かれ、広間から退室する。

クライスの機転のおかげで窮地は脱したが、大事な式で迷惑をかけてしまい申し訳なかった。

ハーベルの案内で城内を進み、三階にある一室に通される。

アイルと共に扉を抜けると、一緒にハーベルも入って来て、扉を閉めた後に大きなため息をこぼした。

「何事もなくてよかったです」

「す、すみませんでした。緊張してしまって」

「気にしなくていいです。何はともあれ、式は無事に終わりましたから。これで晴れてあなたは、我が国の王・クライス様の正妃となりました」

おめでとうございます、とにこやかな笑みで祝いの言葉を贈られ、ラディアはなんとも言えない気持ちになる。

「あの、僕はこれからどうしたらいいんですか？　何をすれば？」

「このお部屋で好きにお過ごしください。正体を知られないためにも、あまり部屋から出ない方がいいでしょう」

「正妃としての仕事はないんでしょうか？」

「あなたは女神です。女神が我が国に存在していること自体に、大きな意味があります。だから、特に何もせずにここにいてくだされぱいいです」

ラディアは室内をぐるりと見回す。

部屋の広さは、女神一族の集会所ほどだろうか。大人が三人は寝られそうな天蓋《てんがい》つきの大きなベッド、窓際には丸いテーブルとイスが二脚、扉側の壁の近くには三人がけのソファとローテーブルが置かれている。大型の家具があっても、悠々と室内を歩き回れるほどの広さがあった。

壁には小花柄の壁紙が張られ、天井からは蠟燭が灯《とも》された豪奢《ごうしゃ》なシャンデリアがぶら下がり、暖炉の炎が部屋を暖めてくれている。

さらに廊下への出入り口以外にも扉が二つあり、一方は衣装部屋、もう一方はバスルームになっているという。付き人のアイルは、隣の部室で寝起きするそうだ。

窓も大きく取られ、夏になったら綺麗な花が咲き乱れる庭園が一望出来るらしい。

確かに、この部屋でなら一日中過ごしていても窮屈には感じないだろう。だが、ずっと籠《こも》りきりというのは気が滅入りそうだ。

そうした思いが顔に出ていたようで、ハーベルが困り顔になる。

「退屈しないよう、城の書庫から本を見繕ってきます。話し相手が欲しいのなら、私を呼んでいただければ、時間の許す限りおつき合いします」

「じゃあ、僕は五年間もここから出ずに、一日中本を読んで過ごすんですか？　話し相手も、ジュエルとアイルとハーベルさんだけ？」

「心苦しいですが、あなたの正体を知られるわけにはいかないんです。誰かに勘づかれるような行動は、極力お控えいただけますか？」

「それはそうですけど……」

五年我慢すれば、クスタ島に帰れる。自分で女神になると決めたのだし、我慢しないといけない。

頭では理解しているが、十七年間、行動を制限されることなく緑豊かな島でのびのびと暮らしてきたのだ。急に環境が変わりすぎて、戸惑わずにはいられない。

「では、私はこれで失礼します。アイルさん、あなたも城の中のことを知っておいた方がいいでしょう。案内しますので、一緒に来ていただけますか？」

「はい。……ラディア様、少しお待ちくださいね」

ハーベルはアイルを連れて部屋を出て行った。

ラディアは何をしようか迷い、とりあえず花嫁衣装を脱いで、荷物の中からワンピースを取り出して着替える。花嫁衣装よりはこちらの方がまだ身軽だ。

ジュエルのベールも取ってやり、部屋の中に放つ。

『おお、けっこう広いな。正妃はこんな豪華な部屋で暮らせるんだな』

ジュエルは羽根を広げ部屋を一周し、ベッドの天蓋にとまった。

広いとジュエルは言ったが、ワシの彼にとっては自由に飛び回れないこの部屋は狭苦しく感じられるだろう。

――せめてジュエルは空で飛ばせてあげたいな。

窓辺に近づき外を確かめてみたが、いつから降り始めたのか窓に雪が吹きつけている。

この国の冬は長く、雪が降り続くと聞いた。

人目につかないよう早朝に窓からジュエルを放そうとしても、この雪が止まない限りは凍えてしまいそうだ。

「ごめんね、ジュエル。君にまで不自由な思いをさせてしまう」

『いいさ。言っただろう？　俺はラディアと一緒にいられるなら、どこだっていいんだ。それに、こんなに上等な部屋で暮らせるワシは、きっと俺だけだぞ？　俺は幸運なワシだ。……それより、ちょっとこっちに来てベッドに座ってみろ。すごいフカフカなんだ。きっとよく眠れる』

ベッドにフワリと舞い降りたジュエルが、気落ちしているラディアを少しでも元気づけようと、部屋を絶賛してくる。

ジュエルは口は少々悪いが、根はとても優しい。

ラディアがジュエルに言われてベッドに近づいた時、ふいに扉をノックされた。

「は、ぃ……っ！」

うっかり返事をしそうになり、慌てて口を押さえる。

ベッドにいるジュエルに断りを入れてブランケットをかけ、そっと扉を開いた。

「突然すまない。具合が悪そうだったから、気にかかってしまって」

「……！」

廊下に立っていたのは、国王のクライスだった。

予想外のことに驚き、ラディアは目を大きく見開く。

「驚かせてしまったか？」

クライスは眉を下げ、ラディアの反応を窺《うかが》っている。

その表情が意外で、ラディアは目を瞬《またた》かせた。

——国王様って、もっと偉そうにしてるのかと思った。

クスタ島には国王はいない。

一族と島民を統轄《とうかつ》する族長はいるが、何しろ総人口千人ほどの小さな集落だ。権力者というほどのものではない。

だが、島民の噂《うわさ》話や本の中に出てくる国王は、国を統《す》べる者であり、絶対的な権力を持つ者という印象だった。常に堂々としていて、笑顔すら滅多に見せないような、威厳に満ちた人物で……。

だから、クライスが感情を表に出したことが意外で、驚いてしまった。

クライスはラディアの返答を待っていたようだが、数秒間《ま》を置いてから思い出したようだ。

「ああ、そうだった、君は言葉を話せないんだったな。私の声は聞こえているのか？」

ラディアが頷くと、クライスは安堵《あんど》したように微笑みを浮かべる。

「そうか、それはよかった。実は、君のことが心配だったのも本当だが、少し話をしたくて訪ねたんだ」

まさか、もう男だとばれたのだろうか。

背筋がスッと冷たくなる。

ゴクリと唾を飲み込み言葉を待つが、クライスが切り出した本題は、危惧したこととは全く違った。

「先ほどの結婚式では、気分を悪くさせてしまっただろう？　女神との婚礼なのに、パーティーも開かず、誓いを立てるだけの簡易的な式だけで終わらせてしまった。一生に一度の結婚式だというのに、申し訳なかった」

ラディアはフルフルと頭を左右に振る。

むしろこちらからしたら、式だけで終わってよかったのだ。盛大なパーティーを開かれても、きっと極度の緊張から、愛想笑い一つ出来なかった。

――それに、謝るなら僕の方だし……。

あんなに大勢の人が集まってくれたのに一歩も動くことが出来ず、声を出せないから誓いの言葉を言うことも出来ず、ただ一度頷くだけしか出来なかった。夫であるクライスにも、恥をかかせてしまったように思う。

ラディアも謝りたかったが、謝罪の言葉すら口に出来ない。

視線を彷徨《さまよ》わせていると、クライスが突然目の前に片膝をつき、下から見上げてきた。

「このような辺鄙《へんぴ》な国へ嫁がせてしまってすまない。これからも、贅を尽くした生活はさせてやれないかもしれないが、君のことを大切にする。だから私の妻として、この城で暮らしてほしい」

所縁《ゆかり》のない土地に連れてこられ、結婚式で初めて会った男と結婚させられたラディアの心中を、彼は慮《おもんぱか》ってくれたのだろう。

けれどそれは彼も同じで、もしかしたら他に好きな人がいたかもしれないのに、国王だから国のため、それまで見たこともない女神を娶ることになった。

それなのに、彼は私情は一言も口に出さず、ただラディアのことを案じてくれている。

――なんて誠実な人なんだろう。

国王は皆こういう人物なのだろうか？

島の外の世界を噂話や物語でしか知らなかったラディアにとって、クライスのこの言動が国王として当たり前のものなのかどうかはわからない。

ただ、夫となった人がクライスでよかったと思った。

ラディアは頷きを返したが、どうしても自分も彼に一言言いたくて、考えて考えて、文字にしようと思いつく。

待っててください、と口を動かして伝え、いったん室内に引き返し、あちこち引き出しを開けてペンとインク、それに紙を探し当てた。

紙にサラサラとペンを走らせ、それを持ってクライスの元へ引き返す。

「これを私に？」

紙を受け取ったクライスが、文字を読んでいく。

時間をかけられなかったから、「結婚式を台無しにしてしまって、ごめんなさい。心配していただき、ありがとうございます」とだけ書いて渡した。

クライスは読み終わると、紙を丁寧に畳んで胸元にしまった。

「ありがとう。君が妻になってくれて嬉しい。これからよろしく、ラディア」

クライスのストレートな言葉に、ラディアはなぜか顔が赤くなってしまう。

彼はそれだけ告げると踵《きびす》を返し、部屋の前から立ち去った。

扉を閉め、詰めていた息を吐き出すように、長いため息をつく。

『どうした？　何か勘づかれたのか？』

ジュエルがモゾモゾとブランケットから這《は》い出て、トコトコとこちらへ歩いて来た。

『顔が赤いみたいだぞ？　この国は寒い。風邪を引いたのかもしれないな』

ジュエルは心配そうに呟き、ラディアのワンピースの裾をくちばしで噛《か》んで引っ張ってくる。どうやら体調を崩したと思い、ベッドへ寝かせようとしているらしい。

故郷のクスタ島からトールバルド国まで、とても長い旅だったから、身体は疲れている。

だが、疲れや寒さから、熱を出したわけではない。

ほんの少し前に初めて顔を合わせ、まだまともに会話をしていない人に、どうしてこんなにドキドキしているのか、自分でもよくわからなかった。

だからラディアはジュエルの言うことを大人しく聞くしかなく、そのままベッドに潜り込んだ。

それを見届けたジュエルがベッドから降りようとしたので、咄嗟に足を摑んで引き留める。

「ジュエル、待って」

初めてのことばかりで、急に心細くなってしまった。

『おい、転ぶところだったぞ』

「ジュエルも一緒に寝ようよ」

『もう子供じゃないんだから、一人で……』

ジュエルはそこで言葉を途切れさせ、結局、枕元で翼を畳み蹲《うずくま》ってくれた。

『早く寝ろ』

「うん……」

寝巻に着替えていないし、そういえば夕食も食べていない。

寝るには早い時間だから、アイルが戻って来るまでの間だけ少し仮眠を取ろうと瞼《まぶた》を閉じる。

ジュエルがくちばしの頭の部分で優しく額を撫でてくれ、そのスベスベした感触が心地よく、知らず知らずのうちに深い眠りへと落ちていった。


『ラディア、見てみろ。今日は太陽が見えてるぞ！』

「んー……。まだ眠いよ」

『もう朝だ！　起きろ起きろ！』

フカフカのベッドで熟睡していたラディアは、ジュエルのけたたましい声と室内を飛び回る羽音で、強制的に目覚めさせられた。

「アイルが起こしに来てないじゃない。もう少し寝かせてよ」

『いいから外を見ろ！　きっと目が覚めるぞ！』

あまりにジュエルが騒ぐから、ラディアも根負けして渋々ベッドから這い出した。ベッドの中はぬくぬくして温かかったが、暖炉の火が弱くなっているため、室内はひんやりしている。

ラディアは窓際のイスにかけておいたストールを羽織り、窓の外へと視線を向ける。

「うっ、眩《まぶ》しいっ」

強い光に目を細めると、ジュエルは『ふふん』と含み笑いした。

『久しぶりの太陽だ。こんなに晴れたのは、この城に足を踏み入れた日以来だな』

眩しさと戦いながら薄目で外を見やると、ジュエルが言う通り、とても澄んだ青空に煌々《こうこう》と照る太陽が浮かんでいた。

「わあ、本当だ」

トールバルド国で結婚式を行ってから一週間が過ぎているが、ずっと天気は雪だったのだ。

空は厚い雲で覆われ、朝になってもずいぶんと暗く、吹きつける雪で窓が真っ白に凍ってしまうこともあった。

久しぶりに目にした太陽に、ラディアは弾んだ声を上げる。

「すごくいい天気だね」

『そうだな。だが、下はすごいことになってるぞ』

「下？」

視線を下へ移し、庭園部分にあたるところを確認すると、どこもかしこも一面真っ白だった。

「真っ白だ。いったいどのくらい積もってるんだろ？」

この国で生まれて初めて雪を見たラディアは、その性質がまだよくわからない。

『国王に聞いたらどうだ？　どうせ今日も来るだろうからな。愛妻家だなんて、面倒な男だ』

「ジュエルはクライス様がいらっしゃるのが嬉しくないの？」

気になって尋ねると、ジュエルは面白くなさそうに吐き捨てた。

『ないな。だって、国王が来ると俺は衣装部屋に隠れなくちゃならないからな。狭い部屋に閉じ込められて、嬉しいやつがいるか？』

「うっ……。ごめん」

結婚式の翌日、クライスがまた部屋を訪ねて来た。

どうやら、暇つぶし用の本を大量に運ぶハーベルを目にし、一緒について来たらしい。

突然の国王の訪問に驚いたが、彼は室内に運び込まれた本を一冊ずつ手に取り、内容をかいつまんで話してくれた。そして、その中からラディアが興味を引かれた本を手に取ると、クライスは嬉しそうに微笑んだ。

その日は本の話をして出て行ったが、なんと翌日もクライスはやって来た。

用件は「本の感想を聞きに来た」とのことだったので、ラディアは筆談でクライスとやり取りした。

そのまた翌日も彼はラディアの元を訪れ、他愛のない会話をして小一時間一緒に過ごし、四日目からはそれが日課になった。

クライスの様子から、まだラディアの正体に気づいていないようだが、ジュエルの姿を見られたら非常にまずいことになる。だから彼が訪れた時は、ジュエルには衣装部屋へ姿を隠してもらっていた。

「えっと、じゃあこれからはベールを被る？　そうすれば、隠れなくてすむから。それに、ここで暮らし始めてからずっとジュエルの姿が見えないことを、クライス様も不審に思っていたようだし」

一昨日、ついに「神の使いのフクロウはどうした？」とクライスに尋ねられてしまったのだ。一瞬背筋がヒヤリとしたが、フクロウは夜行性だから昼間は寝ているのだと説明し、なんとか誤魔化すことが出来た。

だが、ずっと隠れていたら、余計に怪しく思われるかもしれない。

ジュエルがいいなら、ベールを被って部屋にいてもらおうと考えた。

『ベールは鬱陶《うっとう》しいから、これまで通り隠れているさ』

ジュエルはバサバサと翼を羽ばたかせ、ラディアの肩にとまった。

『まあ、仕方ない。俺の姿を見られたら色々とまずいからな』

「ありがとう、ジュエル」

ラディアが微笑むと、ジュエルはこんなことを口にした。

『それにしても、どうしてこうも毎日来るんだろうな？　国王ってのは暇なのか？』

「さあ？　なんとなく忙しそうなイメージだけど」

国王の政務のことは、何もわからない。

ラディアも答えを出せずにいると、部屋の外からアイルの声が聞こえてきた。

「おはようございます。お目覚めですか？　失礼しますよ」

ジュエルはサッと飛び立ち、ベッドの下に潜って身を隠す。

これは、扉を開けた時に万が一にもアイル以外の者が傍にいて、その人物に姿を見られないようにするためだ。ジュエルはクライスだけでなく、この国の全ての人に姿を見られるわけにいかず、ラディアとしては申し訳ない気持ちが拭えない。

ジュエルの姿が完全に見えないことを確認してから、ラディアはアイルを出迎える。

「あら、珍しいですね、先に起きてらっしゃるなんて」

「うん。ジュエルに起こされたんだ。太陽が出てるぞって」

「本当に久しぶりですね。クスタ島にいた時は、毎日当たり前に朝が来れば私たちを照らしてくれたのに。この国では、太陽が出る日の方が稀なんですね」

アイルは懐かしさの滲む瞳で青空を見上げ、ラディアもつられて遠い故郷へ思いを馳《は》せた。

しばらく晴れた空を堪能した後、アイルに手伝ってもらって寝巻からワンピースに着替え、使用人が運んでくれた朝食をいただく。

今日の朝食はパンが二つとジャム、ベーコン、ピクルスだ。

毎日同じようなメニューで、昼食は干し肉のシチューとパン、夕食はあぶった肉とパン、少しの野菜が出てくる。たまに干した魚や果物も出るが、だいたい出てくる食事の傾向は同じだ。

クスタ島は海に囲まれた島だからたくさん魚が獲れたし、野原に獣も多くいたから肉も容易に手に入った。もちろん果物も木からもいですぐ食べられ、野菜もよく育ち、キノコ類も豊富に採れ、どの食材も新鮮だった。

ところが、トールバルド国に来て以来、そういった鮮度の高い食材は一度も口にしていない。

それはジュエルも同じで、『血の滴る肉が食べたい』と文句を言いながら、硬い干し肉をむしゃむしゃ食べていた。

――まさか、嫌がらせじゃないよね？

ラディアはずっとこの部屋から出ていない。正妃として、これまで何か仕事をしたわけでもない。

ハーベルにはそれでいいと言われていたが、使用人や家臣たちは、人前に姿を見せない自分のことを快く思っていないのではないだろうか。

どんどん悪い方に考えが進んでしまい、ラディアは軽く頭を振って思考を切り替える。

――別に贅沢がしたいわけじゃないけど、せめて果物や野菜は採れたてを食べたいなぁ。

ラディアは故郷の料理を恋しく思いながら、食事に手をつける。

そうして朝食を半分ほど食べた時、扉がノックされた。

慌ててジュエルに衣装部屋に隠れてもらいアイルに扉を開けてもらうと、そこにはクライスが立っていた。

――こんなに朝早くに来るのは初めてだ。

何か急用だろうかと食事の手を止め立ち上がると、クライスはにこやかに朝の挨拶をした後、向かいのイスに腰を下ろした。

「食事中にすまない。実は、久しぶりに雪が止んだから、外へ行くことにしたんだ。この後すぐ出ようと思ってる」

——外？

外とは、城の庭園を指しているのだろうか。

アイルが気を利かせて紙とペンを手渡してくれ、ラディアはサラサラと質問を書き記し、クライスに手渡す。

「いや、庭園じゃない。城の敷地の外へ、という意味だ。今年は積雪が例年より早かったから、雪による被害が出ていないか確認に行く。それで、もし何も予定がないようなら、君も一緒にどうかと、誘いに来たんだ」

——僕も!?

政務の一環での外出に、どうして自分を同行させるのか。

必要性がわからず質問したところ、こんな答えが返ってきた。

「雪のせいで、どこにも連れて行ってあげられていないだろう？　我が国のことを、君に知ってもらいたいんだ」

——どうして僕に？

また紙に書こうとして、手を止める。

自分は曲がりなりにも彼の妻。つまり、トールバルド国・国王の正妃。

そんな自分が、この国のことを何も知らないわけにはいかない。

ラディアはクライスの誘いを受けることにし、紙に了承の返事を書いて渡す。

彼はそれを確かめ、笑みを深くした。

「では、食事が終わり次第、出発しよう。私も外出の支度をしてくる。君も温かい格好をして出て来てくれ」

ラディアはこくりと頷き、部屋を出て行くクライスを見送った。

「城の外、かあ」

故郷から城までの道中で、いくつかの村に立ち寄った。

どの村の家屋もレンガや石造りの頑丈そうな建物だったが、この大雪だ。雪に埋まってはいないだろうか。親切にしてくれた人々の顔が思い浮かび、少し心配になってきた。

残りの食事を手早く食べきり、アイルに頼んで外出の準備をしてもらう。

晴れていると言ってもこれほど雪が積もっているのだから、しっかり防寒対策をしないといけないだろう。ワンピースの上から毛皮のベストを着て、さらに毛皮のコートを羽織る。

『俺も連れて行け』

身支度を整えていると、ジュエルがやって来て、足元で『連れて行け』と繰り返された。

暖かい地域で育ったウミワシのジュエルが、この雪国で動き回れるのかわからない。

城で留守番してほしかったが、ジュエルはよほど退屈していたらしく、珍しく駄々をこねるように何度もねだってきた。

根負けしたラディアは、アイルにジュエルを外出出来るくらいの格好にさせるよう伝える。外に連れて行ってもらえるとわかり、ジュエルは部屋中を飛び回って喜びを表現した。

「外に出たら、大人しくしててね？　声を出しても駄目だよ？」

『わかってる。お前こそ気をつけろよ？』

互いに注意し合い、ベールを被って毛皮のマントも装備したジュエルを肩に乗せ、久しぶりに部屋の外へ出た。

自分はあまり歓迎されていないのでは、と不安に思っていたが、ラディアを見た使用人たちは驚いた顔を見せたものの、廊下の端に寄って腰を低くして笑顔で見送ってくれた。他の者も同様の態度で、身分の違いからか声をかけられることはなかったが、悪意の籠った視線を感じることはなく、むしろ女神の姿を見られたと喜んでいる様子だった。

心配していたことが杞憂《きゆう》に終わりホッとしたものの、ならどうしてあんなに質素な食事を出されるのだろう、と新たな疑問が湧いてくる。

道案内のアイルの後ろを歩いていると、一階に降りたところでハーベルと出くわした。

「おはようございます。ご機嫌はいかがですか？」

にこやかな笑みと共に声をかけられ、ラディアは頷きを返す。

ハーベルとこうして顔を合わせるのは数日ぶりだ。

トールバルド国に来て三日目までは毎朝部屋を訪れてくれたが、それ以降は本来の仕事が忙しいのか、彼がやって来ることはなくなっていた。

「本日はクライス様と外出されるとお聞きしております。すでに馬車の用意はすんでおりますので、ご案内いたします」

ハーベルに促され城の正面扉から外に出ると、すぐ目の前に馬車が一台停まっていた。

その前には白い毛皮のコートを身に着けたクライスが立っており、ラディアの姿を見つけて歩み寄ってくる。

「寒くはないか？　足元に気をつけてくれ。雪の上は滑るんだ」

ラディアはゆっくりと一歩を踏み出す。

吐く息は白く頬《ほお》に当たる風が冷たいものの、頭上から降り注ぐ太陽の光は温かく、思ったよりも寒くない。

夏には花が咲き乱れるという庭園は、どこもかしこも雪に覆われ真っ白で、城から門まで馬車が走れるように雪を除けて道が作られている。道の両脇の雪の高さはラディアの腰の辺りまであり、数日間降り続いた雪がこれほど積もったのかと改めて驚かされた。

——部屋から見た時は、こんなに積もってるなんてわからなかった。

ラディアはクライスの忠告を思い出し、滑らないよう気をつけながら歩を進め、馬車に乗り込む。

アイルとハーベルも一緒に来ると思っていたのに、乗り込んできたのはクライスだけだった。

「いってらっしゃいませ」

二人を始め、大勢の使用人に見送られて馬車が走り出す。

肩からジュエルを降ろし、ラディアは車窓に視線を移した。

——すごく明るい。

しばらく悪天候が続いていたから、というのもあるが、朝日が真っ白な雪に反射してキラキラと輝いている様が目に嬉しい。

それはとても綺麗で幻想的な光景で、ラディアは窓に張りつくようにして雪景色を眺めた。

門を抜け少し行くと、家屋が密集している場所に差しかかる。

久しぶりの晴れ間だからか、まだ早い時間だというのに大勢の人が外に出て、平べったい四角いスコップで雪を除けている。皆が協力し合い、雪をかいて道を作っているらしい。彼らのおかげで、こうして馬車を走らせることが出来る。

雪かきをしていた人々は、ラディアたちが乗った馬車に気づくと作業の手を止め頭《こうべ》を垂れる。馬車にクライスが乗っていると知っているようだ。

クライスも窓から顔を覗かせ街頭の人々に笑顔で応え、彼らの働きを労《ねぎら》っていた。

「君の生まれたところは、雪は降るのか？」

向かいの座席に腰かけたクライスに質問を投げかけられ、ラディアは頭を左右に振って答える。

クライスはその答えを受けて続けた。

「クスタ島は、大陸の南の海に浮かぶ島だったな。南はとても暖かいと聞く。一年中、夏のような気候なのか？」

クライスの言うトールバルド国の夏の基準がわからない。クスタ島は確かに一年中暖かいが、それでも冬になれば少し肌寒くなる。

ラディアは筆談でそれを伝えようとしたが、紙もペンもインクも何も持って来ておらず、これでは首を動かして「はい」か「いいえ」でしか答えられない。

失敗した、と悔やんでいると、クライスも筆談に必要なものがないことに気づいたらしい。少し考えてから尋ねてきた。

「君は手話は出来るのか？」

カマナ大陸にある国では、主に王族や国の要職に就いている者たちの間で、手話は取得必須の話術とされている。

極秘の話をする時、声に出せば誰かに聞かれてしまう恐れがある。筆談するにしても、紙に内容を記すため、誰かに読まれてしまう可能性があった。

そうした中で、三百年ほど前に新たに生み出されたのが、手の動きだけで会話する手話だ。秘密裏《ひみつり》の会合などで使用されていると聞く。

そのため、王族なら誰しも手話が使え、王の花嫁となる女神も幼い頃から手話が出来るよう教育を受ける。通常、女神となる娘だけが習うものだが、ラディアは手話に興味が湧いて、父親に頼み込んで姉たちと一緒に習わせてもらっていた。

ラディアはさっそく手を動かし、〈はい〉と答える。

クライスがホッとしたように微笑み、ラディアは先ほど聞かれた質問への答えを、手の動きで伝えてみた。

クライスはきちんと読み取ってくれ、筆談していた時よりもスムーズに会話が進んでいく。

トールバルド国に来てからというもの、話し相手が極端に少なく人と話すことに飢えていたラディアは、嬉々《きき》として手話での会話を楽しんだ。

〈ここは村ですか？〉

「これでもこの国で一番栄えている街なんだ。今は雪のため店は閉まっているが、雪が解ければこの通りいっぱいに店が開く。夏の間はとても活気づくんだ」

〈雪はいつ解けますか？　今日解けますか？〉

こんなに晴れているのだから、きっとあっという間に解けるだろうと思ったが、クライスは苦笑しながら頭を振った。

「いいや、まだ十月だからな。これから冬本番を迎える。雪が解けるのは来年の七月だ」

そういえば、クスタ島を訪れたハーベルがそんなことを言っていた気がする。一年の半分以上、地面が厚い雪で覆われる、と。

——晴れた日には雪が解けてなくなるのかと思ったけど、そんなに簡単にはいかないのか。

自分が想像していたよりもずっと、トールバルド国の冬は厳しいようだ。

「この辺りに雪の被害はないようだ。今日は店が開くかもしれない。帰りに少し立ち寄ってみよう」

〈この後はどこへ？〉

「時間に限りがあるからあまり遠くまでは行けないが、街を抜け少し行ったところに、小さな村がある。その村までの道中にある家屋や道の状況を確認する予定だ。……それで、もし君が嫌でなかったら、村に着いたら辺りを少し散策しないか？　君に見せたい景色があるんだ」

〈私に？〉

クライスは国王としての仕事で忙しいはず。わざわざ自分のために時間を作ってくれることが不思議だった。

　ラディアがその疑問をぶつけると、クライスは柔らかく頬を緩めながら教えてくれる。

「君が育った島とは天候に大きな違いがあるだろう？　それに戸惑わないはずがない。せめてもの慰めに、晴れた日には外へ連れ出してやりたいと、以前から思っていた」

　そこで一度言葉を区切り、苦笑混じりに続ける。

「とはいっても、この季節はどこへ行っても雪しか見るものがない。それでも、外の空気を吸えば気が晴れるかと思ったんだ」

　ラディアが部屋から出ずに過ごしていたのは、ここでの生活が嫌だったからではない。女神ではないと知られないために、なるべく人に会わないようにしていたからだ。

　しかし、そんな事情を知るはずもないクライスは、嫁いで以来、部屋に引き籠っているラディアのことを案じてくれていたようだ。

〈私を気にかけて、毎日会いに来てくださってるんですか？〉

「……女神を妻に迎えた場合、形式的な夫婦になることは知っている。夫であっても、女神に触れることは許されない。だが、私はせっかく遠い地から嫁いで来てくれた君を、放っておくことは出来ないんだ。普通の夫婦のようになれなくとも、仲睦《なかむつ》まじく添い遂げたいと願っている」

　クライスは国王だから、女神と結婚しなくてはいけなかった。

　自ら望んで結婚したわけではないという点は同じなのに、彼は妻になったラディアのことを大切にしようとしてくれている。

女神だから丁重に扱ってくれているのかもしれないが、色々と心を砕いてくれるのは、彼の優しい性格が反映しているように思う。

偽りの夫婦だけれど、それでも夫となった人が温かい心を持った人で幸いだった。

そう思う反面、誠実な彼を騙していることに、罪悪感で胸がチクリと痛む。

――もっと、ひどい人なら気が楽だったかもしれない。

女神を迎えることだけが目的で、結婚式の後は顔も見せず放っておいてくれるような人だったら、こんなに申し訳なく感じることもなかっただろう。

ラディアは後ろめたさからクライスの顔を直視出来ず、曖昧な笑みを浮かべてそっと視線を外し、窓の外を眺める。

窓にはうっすらクライスの姿が映り込んでいて、彼は何か言いたそうな顔をしていたが、それ以上言葉を重ねることはなかった。

二人を乗せた馬車は雪道を進み、目的地である小さな村で停車する。

馬車が到着するとすぐに人々が集まって来た。どうやら事前に今日クライスが訪れることを知らされていたようだ。

馬車からクライスが降りると、村長だという壮年の男性が雪の上に膝をつき、挨拶を述べようと身を屈《かが》める。

クライスはそれを押し留め、集まった人々を、一人一人目を合わせるようにゆっくりと見回した。

「かしこまる必要はない。私たちのことは気にせず、各々《おのおの》作業を続けてくれ」

クライスが告げても人々は動かない。

すると、群衆の間から一人の子供が駆け出して来て、馬車を指さしながらクライスに尋ねた。

「ばしゃに、めがみさまがのってるの？」

国王に向かって失礼なことを、と大人たちは慌てて子供を注意したが、クライスは鷹揚《おうよう》に頷き「そうだ」と答える。

子供は瞳を輝かせ、ラディアに向かって大きく手を振ってきた。

窓越しに目が合い、戸惑いながらも手を振り返す。

クライスに馬車から降りるよう言われ、外へ出て村人の前に立つと、皆の視線が自分に注がれるのを感じた。

――すごい見られてる。どこかおかしいかな？

毛皮のコートも身に着けているし、厚着をしているから体型で男だとばれることはないと思う。けれど、母親似といってもラディアは男。何か違和感を抱かれてもおかしくはない。

不安から顔を強張らせると、先ほど手を振ってきた子供が大人たちの間をすり抜け、目の前に立つ。

「はじめまして、めがみさま。とてもきれいですね」

――えっと、どう答えれば……？

予想外の言葉を向けられラディアが戸惑っていると、クライスが代わりに子供に礼を言ってくれた。

「私の妻を褒めてくれてありがとう。彼女は言葉が話せないんだ。だが、私たちの声は聞こえている。ラディアも喜んでいる」

子供が見つめてきたので、喜んでいる意思表示として大きく頷いてみせると、嬉しそうにはにかみ、母親の元へ戻っていく。

クライスは改めて村人たちにラディアを妻として紹介してくれ、人々は若き国王とその妻にたくさんの祝福の言葉を贈ってくれた。

村長はぜひお祝いの宴《うたげ》を開かせてほしいと申し出てきたが、クライスはそれを丁重に断り、代わりに連れて行ってほしい場所があると頼んだ。

村長自ら道案内を買って出てくれ、クライスとラディア、そしてジュエルは、護衛役の二人の従者と共にその場所へと向かう。

――わ、歩きにくい。

道の雪かきはしてあるものの、元々の地面が軟らかい土らしく、雪が解けてぬかるみ、気を抜くと転んでしまいそうだ。

クライスはやっとのことで歩いているラディアを見かねて手を貸してくれようとしたが、クスタ島の者以外が女神に触れることは禁忌とされているため、申し訳なさそうな顔で手を下ろした。代わりにクライスは先を歩く村長を呼び止める。

「彼女は雪の上を歩き慣れていない。杖《つえ》のようなものがあったら貸してほしい」

村長は近くにいた村人に持ってくるよう言い、用意されたその杖のおかげで、ラディアはずいぶん楽に歩くことが出来るようになった。

村から少し外れた雪道で、クライスがようやく足を止める。

「ラディア、顔を上げろ」

足元ばかり注視していた顔を上げると、目の前に花畑が広がっていた。

――なんで雪の中に花が？

不思議に思ったが、すぐに本物の花と違うことに気づいた。

真っ白な雪の上には、赤やピンク、オレンジの花や、緑色の葉が描かれた、薄く透き通ったガラス細工のコップのようなものが置かれていたのだ。

〈これは、ガラスですか？〉

ラディアが手話で尋ねると、クライスが「違う」と否定する。

「これは氷だ。夏の間に葉や実、花びらを集めて水に入れ、地下の氷室《ひむろ》で氷にしたんだ。トールバルド国の冬は長い。この村では昔から、雪の季節でも植物の気配を感じられるようにこういった氷を作り、晴れた日に雪の上に並べて眺め、心を慰めているんだ」

〈氷？〉

そんなものは見たことがないし、初めて聞いた名称だった。

どういうものかわからなくてラディアが首を傾《かし》げると、氷自体を知らないのだと悟ったクライスが、一つを手に取り差し出してきた。

「手袋を外して、持ってみるといい」

ラディアは言われた通り、素手で受け取る。

「っ！」

――つ、冷たいっ。

あまりの冷たさにうっかり声が漏れそうになり、なんとか飲み込む。

――これが氷？

よく観察してみると、透明な塊《かたまり》の中に、赤く小さな木の実のようなものがたくさん入っている。

「あまり長い時間触れていると、手の感覚がなくなる」

もっと見ていたかったのに、クライスに取り上げられてしまった。ラディアが残念そうな顔をすると、クライスが氷の作り方を教えてくれる。

「氷の元は水だ。水を器に入れて雪の降る日に外に出しておくと、固まって氷になる。雪と似たような性質で、熱で解けて水に戻るんだ」

これまで、聞いたことも見たこともない現象だ。

とても驚き、ラディアは興奮ぎみに手話で伝える。

〈水が固まるだなんて、魔法みたいです！〉

クライスにその発想はなかったようで、虚を突かれた顔をした後、小さく噴き出した。

「君の反応は新鮮だ。この国の者は、水が氷になることを魔法だなんて思わないからな」

それは自分が小さな島から出たことがない、無知な人間だからだ。

トールバルド国では誰もが当たり前に知っていることに、いちいち驚き感動していることが恥ずかしくなる。

ラディアが羞恥から頬を赤めると、フッと笑む気配がした。

「君は言葉は話せないが、とても表情が豊かだ。顔を見れば、君が氷を見て感動してくれていることがわかる。ラディアと共にいると、変わり映えのない日々を楽しむことが出来る」

クライスの青空のように澄んだ瞳が柔らかく細められ、ラディアの心臓がふいに高鳴った。

自分とは違う透き通るような白い肌、癖のない銀色の髪、それに美しく整った容貌、それらを持つ彼には、雪景色がとてもよく似合っている。

——どうしよう、ドキドキする。

なんの欠点もないような完璧な容姿のクライスに柔和な笑顔を真っ直ぐ向けられ、ラディアの胸がざわめいた。

男同士なのに、この反応はおかしい。

自分でもそう思うけれど、同性から見ても目を奪われるほど、クライスは人の心を惹《ひ》きつける魅力をたたえた人だった。

ラディアは鼓動を落ち着かせようと両手を胸に当てたが、彼はそれを別の意味に捉えたようだ。

「寒いのか？　そろそろ城へ戻ろう」

寒いけど、耐えられないほどではない。

しかし、そうではないと言ってしまったら、ならどうしたのだと聞かれそうで、ラディアはコクンと頷き、城へ戻ることに同意した。

村人たちに見送られながら馬車に乗り、城への帰路につく。

クライスは道中、窓の外を注視し、雪の影響で人々の生活に支障がないか絶えず確認しているよう

だった。単純に景色を見て楽しむ自分とは違い、国王らしいクライスの姿を目にし、また胸が高鳴る。

しばらく馬車で走り、再び街に戻って来た。

行きに見た時は皆雪かきに忙しく、商店街だというのにどこも開いていなかったが、今は一通り道の整備が終わったようで、ちらほら開いている店がある。

クスタ島の商店は、店の前にも商品を並べて道行く人が立ち寄りやすくなっているが、この街では商品が外に出してあるところは一つもなく、店構えを見ても何を売っているのか一目ではわからない。

故郷とは違う街並みが珍しくてじっと見入っていると、クライスが問いかけてきた。

「降りて歩いてみるか？」

ラディアは頷きたかったが、肩の上に乗っているジュエルが首を左右に振って『嫌だ』と意思表示してきた。

――やっぱり、ジュエルは寒いところが苦手なのか。

村に滞在している間は一時間ほど外にいたから、身体が冷えてしまったのかもしれない。

ラディアは少し残念に思いながらも、〈いえ、いいです〉と手話で伝える。

「だが、寄りたいんじゃないのか？　ずっと外を見てるだろう？」

〈少し寒くて。だから見てるだけで十分です〉

するとクライスは迷いなく自身のコートを脱ぎ、ラディアの肩にかけてきた。

「寒い思いをさせてすまない」

〈いいです。もうすぐお城へ着きますから、大丈夫です〉

コートを返そうとするが、クライスは一向に受け取ろうとしない。

それどころか、なぜか馬車を停め、突然、コートなしで外へ飛び出した。

「すぐ戻る。そこで待っていろ」

——クライス様!?

クライスが降りる時に扉を数秒開けただけで、外の冷たい空気が入ってきた。毛皮を着ていても寒いのに、彼は防寒具なしでどこへ行ったのだろう。

心配でハラハラしながら待っていると、ややあってからクライスが戻って来た。

〈どこへ行ってたんですか?〉

クライスはラディアの質問に答えず、手に持っていたカップを差し出してくる。

湯気と共にフワリと甘い香りが立ち上り、車内に広がっていく。

「飲むといい。身体が温まる」

有無を言わさぬ強さで言われ、ラディアは半ば反射的にカップを受け取った。

中を覗き込むと、茶色い飲み物が入っている。

コーヒーかと思ったが匂いが違う。甘いチョコレートの香りがした。

〈これは?〉

「ホットチョコだ。熱いから気をつけろ」

一口飲んでみると、甘くて温かくて、その美味《おい》しさにほうっと吐息が漏れる。

〈美味しいです。ありがとうございます〉

「気に入ったようでよかった。ゆっくり飲むといい」

クライスは自分のために、温かい飲み物をわざわざ買いに行ってくれたらしい。国王自ら買いに来るだなんて、きっと店の人も驚いたに違いない。

そのシーンを頭に思い浮かべて、ふふっと笑ってしまった。

「楽しそうだな」

クライスに指摘され、自分のためにわざわざ買いに行ってくれたのに笑うだなんて失礼だった、と反省する。

――国王なのに、少しも偉ぶってない。

国の最高権力者なのだからなんでも思い通りになるだろうに、彼は人を動かすのではなく自ら行動することが多い。

それはラディアの抱いていた国王のイメージからは程遠く、けれど国王らしくないクライスを好ましく思った。

ズズ、とホットチョコを啜《すす》りながら上目遣いでクライスを見やると、彼もこちらを見つめていたようで、ぱっちり目が合ってしまう。

「夏が来たら、もっと色々な場所へ連れて行こう。きっと、君もこの国を今より気に入ってくれるはずだ」

ラディアが頷くと、クライスが口元を緩める。

窓枠に頬杖をつきながら微笑まれて、なんだか居心地が悪くなってきた。

彼は自分を大切にしようとしてくれている。

それがわかるからこそ、優しいクライスを騙していることが辛いと感じた。


『ラディア！　クライスの言った通り、晴れたぞ！』

「ん〜……、何？　って、痛っ」

『目が覚めたか？』

「もう、踏まないでよ。ジュエルは日に日に早起きになってくね」

ジュエルに顔を踏まれて無理やり起こされたラディアは、瞼を擦《こす》りながら大きなあくびをする。

トールバルド国に来て半月が過ぎた。

二週間経っても、この国の景色は変わらず、真っ白な雪が降り積もっている。

ラディアはずっと部屋に閉じ籠って暮らしているが、毎日クライスが訪れてくれるため、それほどストレスなく過ごせている。

しかし、ジュエルからしたら空を飛ぶことも出来ず、部屋の中で過ごす日々に徐々に鬱憤《うっぷん》が溜《た》まっているのだろう。唯一の楽しみとばかりに、ラディアをおしゃべりにつき合わせる時間が増えている。

今では日の出と共に起こされ、話し相手にされていた。

それでも、自分の都合でこの北の地について来てもらったのだから、出来るだけジュエルに合わせて生活することにしている。

『お前も外を見てみろ』

ジュエルに急かされカーテンを開けると、彼が言う通り雲が晴れ太陽が顔を出していた。

『クライスは晴れるって言ってたが、俺は今日も絶対雪だと思ってたんだ。でも、やつの言った通り、こうして晴れた。なぜクライスは天気がわかったんだ？』

ジュエルが興奮ぎみに聞いてくる。

ジュエルがこんな早朝から天気の話をしているのは、昨日、クライスが「明日は晴れるだろう」と言っていたことが原因だ。それをジュエルも聞いていたらしく、二人きりになった時に『俺は雪だと思う』と張り合うように言ってきた。その時も外には雪がしんしんと降り続いていたから、翌日晴れると言ったクライスの言葉を信じられなかったのだろう。

そして一夜明けた今朝の天気は、クライスが予測したように晴天で、ジュエルは彼が天気を当てたことによほど驚いたらしい。

「トールバルド国で生まれ育った人だから、なんとなくわかったんじゃない？」

『お前、どうしてそんなに冷静なんだ!?　これはすごいことだぞ！　おい、今日、クライスが来たら、どうやって天気を当てたか聞いてくれ』

「いいけど……」

不自由な生活をさせてしまっているから、ジュエルの願いは叶えてやりたいと思う。

けれど、クライスに自分から話しかけるのは気まずい。

――いい人だから、困る。

ラディアはため息をこぼす。

先週、初めて城の外へ連れて行ってもらった。

あの日以降も、毎日クライスはラディアの元へ通って来てくれている。

外出した時にホットチョコをラディアが美味しそうに飲んでいたことから、甘い物が好きだと思ったらしく、最近は手土産《みやげ》として焼き菓子を持って来るようになった。

それは嬉しいのだが、クライスに優しくされるたびに罪悪感が膨れ上がり、ここ数日は気まずさからまともに目を合わせられていない。

だから会話も弾まず、そのことでクライスはさらにラディアのことを案じ、何か不自由はしていないかと、しきりに気を使ってくれる。それがまた心苦しかった。

――僕がこんな態度を取り続けたら、クライス様にもっと気を使わせることになっちゃう。

ラディアの心はどうあれ、五年はここで暮らさなくてはいけないのだ。クライスとの関係が良好であるに越したことはないだろう。

頭ではわかっているが、クライスが優しい人だからこそ、どうしてもトールバルド国と女神一族のためと割り切って嘘をつき続けることが難しかった。

その後、朝食を食べ終わった頃にクライスがやって来た。

「おはよう。雪が止んだな」

変わらぬ笑顔で話しかけてくるクライスを前にして、また胸がチクリと痛む。

〈おはようございます〉

手話で挨拶を返すと、クライスがラディアの肩に目を留めた。

「今日は神の使いが一緒なのか」

〈はい。天気がいいから、起きていたいそうです〉

実はこれは嘘だ。

後ろめたさからギクシャクしてしまう気がして、ラディアが同席を頼んだのだ。

もちろん、真の姿を見られるわけにはいかないため、ベールで身体を覆った状態でラディアの肩にとまってもらっている。

――また嘘をついちゃった。

眉を下げると、クライスがじっとジュエルを見つめていることに気づいた。

あまりにもまじまじ見ているものだから、ベールからどこかはみ出ているのかと焦る。

〈どうしましたか？〉

「ああ、すまない。久しぶりに姿を見たから、つい見つめてしまった」

フクロウではないことに気づいてはいないようで、ホッと安堵する。

「そういえば、フクロウは何を食べるんだ？」

〈お肉です。なんのお肉でもよく食べますが、一番好きなのは子ウサギのお肉です〉

「ほう。なら、雪が解けたら獲って来よう。神の使いもきちんともてなさないとな」

〈ありがとうございます〉

クライスはジュエルを神の使いだと信じて疑っていない。

ジュエルによくしてくれるのはありがたいが、彼が親切にしてくれるたび、いたたまれなくなる。

その後もクライスは色々と話題を振ってくれたが、ラディアは消極的な態度を取ってしまい、どれも会話は長く続かなかった。

どことなくぎこちない空気が漂い始め、クライスも戸惑っているようだ。

彼の善意を踏みにじっているようで、こんな態度ではいけないと思うのに、自分から何を話せばいいのか思い浮かばない。

やがて、クライスも口を閉ざしてしまったため、室内に静寂が落ちてしまった。

その様子を見かねたのか、ラディアの肩に乗ったジュエルが焦《じ》れたようにベール越しに頬を軽く突ついてきた。

――あ、天気の話をしてない。

ラディアは手を動かし、〈どうして晴れるってわかったんですか?〉と質問した。

クライスはようやくラディアが話す気になってくれたことに安心したのか、笑みを浮かべた。

「天気がなぜわかるのか、か。それは、答えるのが難しい質問だな。君も故郷の天気が、なんとなくわかるだろう？　風の流れや空気の匂いなどで。それと同じ原理だ。私はこの国にずっと住んでいるから、感覚でなんとなく晴れるかどうかわかるんだ」

言われてみれば、確かに故郷の天気はなんとなくわかるが、それを言葉で説明するのは難しい。

ラディアはなるほど、と納得したが、ジュエルはまたも頬を突いてくる。

——具体的にどういう変化があるのか、もっと聞けってことかな？

ジュエルが話せれば言いたいことをちゃんと理解してあげられるのに、クライスがいると彼は一言も声を出せない。出せばフクロウではなくワシだと気づかれてしまう。それがもどかしかった。

〈どういう変化があるんですか？　私もこの国の天気がわかるようになりたいので、教えてください〉

「そうだな……。一番は風だ。トールバルド国では、特に強く風が吹きつけた後に晴れる確率が高い。山に引っかかり上空に留まっていた雲が、風で流されるからだろう」

チラリとジュエルを見やると、この返答で満足した様子だった。

〈教えてくださり、ありがとうございます〉

ジュエルの聞きたかったことを聞けたのでラディアが話を終わらせようとすると、今度はクライスから質問を投げかけられた。

「もしかして、天気を知りたがっているのは、肩に乗っているフクロウなのか？」

チラチラと何度も見ているから、ジュエルからの質問だと気づいたようだ。

別に隠すことでもないので、正直に伝えた。

〈はい。昨日、クライス様が訪れた時に、明日は晴れるとおっしゃっていたのを聞いて気にしていました。そして今朝、クライス様が言ったように太陽が出たので、とても驚いていたんです。どうやって天気がわかったのか、聞くように言われました〉

クライスは目を瞠る。

「本当に鳥の言葉がわかるのか」

〈ええ。女神の直系は、声を聞くことが出来ます〉

だから、女神神話は未《いま》だに人々に語り継がれ、国の繁栄と安泰のために女神を娶る国王がいるのだ。

彼がなぜこんなに驚いているのかわからず首を傾げると、クライスは「すまない」と謝罪してきた。

「本当のことを言うと、女神と言ってもただ血を受け継いでいるだけで、鳥と会話が出来るというのはまやかしだと思っていたんだ。私たちには、鳥が鳴いてもなんと言っているのかはわからない。だから、適当にそれらしいことを言っているのかもしれないと……」

〈違います、鳥の言葉はちゃんと聞こえてます。適当なことなんて言ってません！〉

ラディアが強く否定すると、クライスは苦笑しながら頷いた。

「ああ、わかっている。君は嘘なんてついてない。君の顔を見ればわかる」

『嘘』という単語に、ギクリと動揺して息を飲む。

ジュエルの言葉が聞こえるのは本当だ。

けれど、もっと大きな嘘を自分は彼についている。

クライスはラディアが気分を害したと思ったのか、慌てた様子で言葉を重ねた。

「疑ってすまない。だが、もう微塵《みじん》も疑っていない。愚かな私を、どうか許してほしい」

〈……はい〉

あまり長引かせるとボロが出てしまいそうで、ラディアは話を終わらせるために謝罪を受け入れた。

「ありがとう。だが、謝罪の気持ちとして、君が望むものを贈りたい。何か欲しい物はあるか？」

〈お気遣いありがとうございます。必要になったらお願いします〉

「私の妻になってから、君は何も欲しがらない。遠慮しているんじゃないか？　女性なら、服や髪飾りが欲しいだろう？　あまり多くは贈ってやれないが、欲しい物があるなら言ってくれ」

ラディアはまたもギクリとしてしまう。

彼が言う通り、女性なら身を飾る煌《きら》びやかな装飾品を欲するだろう。けれど、自分は男だから、そういったものに興味がなかった。

――何か欲しいと言った方がいいのかな？

考えてみるが何を欲しいと言えばいいのかもわからず、結局首を横に振っていた。

〈何もいりません〉

「なら、服でなくともいい。何かないのか？」

繰り返し尋ねられ、あまり固辞し続けるのも申し訳なくなり、装飾品以外でなら一つだけ欲しいものがあったのでおずおずと伝えてみた。

〈では……、なんでもいいので、新鮮な果物が食べたいです〉

食事は相変わらず質素で、果物は乾燥させたものを少ししか口にしていなかった。クスタ島にいた時はあちらこちらに果物がなり、毎日欠かさず食べていたので、少し口寂しかった。

ラディアの中では、宝石をねだるよりも小さな願いだと思ったのだが、クライスはとても困った顔をする。

「新鮮な果物か……。夏になれば食べさせてやれるが、冬の間は難しい。何せこの大雪だ、どこにも果物がなっていない。他国から輸入するにしても、雪で道を塞がれているので大型の荷馬車は動かせない。……すまないな、食べたい物すら満足に食べさせてあげられなくて」

城を囲む雪の壁は日に日に高くなっている。これからさらに積雪量が増すだろう。

そんなトールバルド国では、冬の間は食べ物の調達が困難だ。

ラディアが欲した果物だけでなく、狩りにもなかなか出られないから肉も手に入りにくい。

――あ、そうか……。

だから、出される食事は乾燥させた保存食ばかりなのだ。なぜそんな当たり前のことに思い至らなかったのか。

〈私の方こそ、何もわからずに我がままを言ってすみません〉

嫌がらせだなんて一度でも思ってしまった自分が恥ずかしく、しゅん、と肩を落とす。

「いいんだ。君が生まれたところとは、だいぶ環境が違う。我が国の事情を知らなくても当然だ」

クライスはその後、暗い空気を払拭するようにやや明るい声で提案してきた。

「久しぶりの晴れ間だ。少し外へ出てみないか？」

――行きたい。

ずっと部屋に籠りきりでは、やはり気分が落ち込む。外の空気を吸いたかった。

だが、ジュエルのことが心配だ。前回外へ出た時は、寒さで辛そうだった。

ラディアが迷っていると、ジュエルが軽く羽根を羽ばたかせた。

――外に行きたいってことかな？

短い時間なら、大丈夫だろうか。

ラディアはクライスの誘いに頷いた。

〈行きたいです。でも、ジュエルが心配なので、少しだけ〉

「ジュエルとはそのフクロウの名か。……わかった、長居しないよう気をつけよう」

〈ありがとうございます〉

外出の準備が出来次第、使用人に呼びに来させると言い残し、クライスは退室した。

二人きりになったところでジュエルがブルブルと身体を振り、ベールをずらして顔を出した。

『久しぶりに外に出られるな！』

「うん。でも、ジュエルは大丈夫？　凍えない？」

『平気だ。外に出たら、少し空を飛んでもいいか？』

ジュエルの姿を見られるのはまずいが、人の目がない場所でなら大丈夫だろうか。

行き先を人気《ひとけ》のない場所にしてもらえるよう、クライスに頼んでみよう。

アイルを呼び外出の支度を手伝ってもらい、ちょうど準備が整ったところでハーベルがやって来た。

「お久しぶりです。お変わりはないですか？」

「はい。ここでの暮らしにもなんとか慣れました。それに、クライス様にも秘密はばれてないです」

ハーベルはホッと息を吐き、「よかったです」と呟く。

「出来れば頻繁に顔を出したいのですが、私が国王の正妃の元へ足しげく通うわけにいきませんから。誰かに不審に思われていないかと気がかりだったので、安心しました。今後もどうかお気を緩めませんよう、お願いいたします」

「わかってます」

もし正体を知られてしまったら、あの優しいクライスもさすがに激怒するだろう。ハーベルが全責任を負うと約束してくれたが、きっとそれだけではすまない。自分一人が責められ罰せられるならいいが、一族にも矛先が向かってしまう可能性だってある。

偽物の男の女神を多額の金品と引き換えにトールバルド国へ嫁がせたと大陸全土に広まれば、過去に女神を娶った国も黙ってはいないだろう。これまで自分以外に偽物の女神を嫁がせたという話は聞いたことがないが、疑われても仕方ない状況になる。

そうなった場合、女神一族は大陸中から批判を浴びせられ、女神神話に対する不信感も生まれ、島民にも批難が向けられるだろう。怒りのあまり、クスタ島へ攻め込んでくる国もあるかもしれない。

そうなったらもう、島は終わりだ。

——絶対に、知られるわけにはいかない。

ラディアが気を引き締めた時、扉がノックされた。

誰だろう、と視線を送ると、アイルが開けた扉からクライスが姿を現した。

会話を聞かれなかったか心配になり、無意識に口元を手で押さえる。

「遅いから迎えに来た。何かあったのか?」

「いえ、もう準備はすんでおります。お連れするのが遅くなり、申し訳ありません」

ハーベルはその場に膝をつき、国王を出迎える。

クライスはハーベルとラディアを交互に見、何か言いたそうな顔をしていたが、「用意が出来たのなら出発しよう」と促し、廊下へ出た。

少し様子がおかしかったが、何も言われなかったということは、ハーベルとの会話は聞かれていないんだろうと安堵し、ジュエルを肩に乗せ彼の後を追いかける。

前回の外出の時と同じ、青地に金色の模様の入った馬車へ乗り込み、クライスの向かいに腰を下ろした。

〈クライス様、お願いがあります。もし行き先が決まっていないようでしたら街中ではなく、人がいない場所へ連れて行ってもらえませんか？〉

「なぜ？」

〈ジュエルが久しぶりに空を飛びたいと言ってるんです。でも、神の使いはむやみに人前に姿を見せることをよしとされていません。ですから、人がいない場所で放ちたいのです〉

実は、女神に従う本物のフクロウには、人前に姿を出してはいけないという決まりはない。ジュエルがワシだと知られるわけにいかないので、ハーベルと相談してそれらしい理由を考えたのだ。

クライスは特に疑問を抱く様子もなく、行き先を木々が多い辺りにしてくれた。

――また嘘を……。

ラディアは痛む胸に手を当て、ひっそりとため息をつく。

最初についた嘘を隠すために、さらに嘘を重ねなくてはいけない。それが心苦しかった。

馬車は街を抜け、前回訪れた村へ向かう道とは反対方向へ走って行く。

これから向かうのは人気がない場所らしいが、馬車が通れる程度に端に雪が除けてある。主要道路だけでなくこんな細い道まで雪がかいてあることを不思議に思って質問したら、領地内で何か起こった時にすぐに駆けつけられるよう、道の確保は必ずするようにしているのだと教えられた。

雪を放置すると上にどんどん積もり、道が完全に封鎖されてしまう。そうなると各村は雪解けまで孤立することになり、外部からの助けが得られなくなってしまうため、労力がかかっても道の雪かきは欠かさないそうだ。

——雪が降っている間は、家に閉じ籠っていればいいわけじゃないんだ。

生きるために、皆が力を合わせて厳しい冬を乗り越えなければいけないのだ。クスタ島では考えられない生活だった。

周辺の住民が作ってくれた、雪に挟まれた道を進み、木々が生えていない開けた場所に到着する。

ジュエルにしっかり毛皮を被せ外に出ると、ここに来るまでは鬱蒼と大木が生えていたのに、目の前にはぽっかりと穴が開いたような広い平地が広がっていた。

「今は雪と氷で覆われているが、元々は広い湖だ。今の時期なら湖も凍っているから、上を歩いても大丈夫だろう。ただし、慎重にな。氷が割れて落ちたら大変だ」

——湖が氷に？

眼前の雪原を見やるが、ここが湖だとはとても思えない。

先日、水が氷になったものを見せてもらったが、こんなに広い湖も氷になるのか。

「この湖は背の高い木で囲まれている。木より高く飛ばなければ、付近の村からも見えないだろう。私は林の中で待っているから、好きに飛ばせてやるといい」

〈ありがとうございます〉

林の奥へと入って行くクライスの姿が見えなくなってから、ベールからジュエルの顔を出してやる。

「ここで飛んでいいって。でも、あまり高く飛ばないでね。姿を見られるとまずいから」

『わかってる。……ああ、久しぶりに空を飛べる』

ジュエルは感動したようにわずかに声を震わせ、早くベールと毛皮を脱がせろと催促してくる。

紐を解き全て脱がせてやると、身軽になったジュエルが大きく羽ばたき、青空へと飛んでいく。

——気持ちよさそう。

スイスイと上空を飛び回るジュエルの姿を見ていると、ラディアも嬉しくなってくる。

しばらくジュエルの様子を眺めた後、ラディアも周辺を散歩してみることにした。

「どこから湖なんだろ？」

見ただけでは全くわからない。

氷の上に乗っても平気だと言っていたが、本当に大丈夫なのだろうか。

ラディアはゆっくりゆっくり足を進め、雪原の真ん中辺りまでやって来た。

「湖の上に立ってるなんて、信じられない」

もし故郷で「湖の上を歩いた」と言っても、誰も信じてくれないだろう。氷すら見たことがないのだから、水が固まってその上に立てるのだと説明しても理解が追いつかないと思う。実物を見ている自分でさえ、未だに信じられない気持ちなのだから。

「そういえば、氷が割れたら大変だってクライス様が言ってたな。割れるってどういうことだろ？

食器みたいに割れるってこと？」

氷はそんなに簡単に割れるのだろうか。今、自分が立っていても足元はびくともしない。

「割れたら、湖の底に落っこちるってことなのかな？」

ラディアは湖が丸ごと凍っていると思っているから、クライスが何を心配しているのか正しく理解出来ていなかった。

「さて、そろそろジュエルを呼び戻そう」

ラディアは持参した布を腕に巻きつけ、口笛を吹く。

空を旋回していたジュエルはその音に反応して、ラディアの元へ舞い戻って来た。

「おかえり、ジュエル。楽しかった？」

『ああ、とても。だが、やはり寒いな。長くは飛んでいられない』

震える身体にベールをかけ、毛皮を着せてやる。

ジュエルを肩に乗せ、元の場所へと戻ろうとした。

ところが、歩き出してすぐ、足元でピシッと不穏な音が聞こえた。

「ん？　今、何か音がしなかった？」

『したな。なんの音だ？』

「足音かな？」

音の正体を確かめるために足踏みしてみたが、同じ音はしなかった。

「なんの音だったんだろ？　まあいいか」

ところが、さらにラディアが一歩踏み出した瞬間、足元の氷が割れ、片足がふくらはぎの辺りまで割れ目の中へ落ちてしまった。

「わぁっ！」

驚きのあまり、大きな声を上げてしまう。

――つ、冷たいっ！

氷の中は、痛いほど冷たかった。

「何これ、水!?」

湖の底まで氷になっていると思っていたが、実際は表面だけが氷で下は液体のままだったのだ。それも、ただの水ではない。足が浸《つ》かっただけで心臓が止まりそうなほどの冷たさだ。

だんだん足の感覚がなくなっていくことに恐怖を覚えつつ、ラディアは足を引き抜くために割れた氷の縁に膝をつく。

すると、割れ目の周辺に力が加わったことで、あの嫌な音がまた聞こえた。

「この音、氷が割れる音だったのっ？」

今、不用意に動くと危険だ。

片足が湖に落ちただけでも、全身が震え出すほど凍えている。もし、穴が広がり完全に湖に落ちてしまったら、一瞬で心臓が止まってしまう気がする。深さもどれだけあるかわからない。

寒さに加え、落下への恐怖で身体が小刻みに震え出す。

――ど、どうしよう……っ。

自力では動けない。

クライスに助けを求めるしかないが、大声を出して呼んだら声質から秘密がばれてしまう。

ラディアはどうにか自分の力で脱出出来ないか思考を巡らせる。

ところが。

『ラディア！　ラディア！　動けないのか⁉』

氷の上に降り立ったジュエルが大きな声を出す。

「ジュエル、静かにして。クライス様に聞こえちゃう。僕は大丈夫だから」

『お前、自分で割れ目から出られないんだろ？　大変じゃないかっ』

「そうだけど、もしここで大きな声を出してクライス様を呼んだら、僕が偽物の女神だってばれちゃうよ。そうなったら、島の皆が……」

ジュエルもラディアが何を心配しているのか悟ったようだ。

数秒沈黙した後、ブルブルと身を震わせ、ベールと毛皮を振り落とし空へと飛び立った。

いったい何を、と怪訝な思いでジュエルを見守っていると、彼はクライスがいる林の方へと向かっていき、上空から大きな声で鳴き始めた。

「クライス様を、呼んでるんだ」

空をも覆う大木の枝に遮られて、ジュエルの姿は林の中にいる彼からは見えないかもしれない。だが、見られてしまう可能性も十分あった。

それはジュエル自身も承知しているだろう。

それでも、ラディアを助けるために危険を冒《おか》してまで助けを呼んでいるのだ。

やめるようにジュエルに言いたかったが、声を出すわけにはいかず、ワシの鳴き声が辺りにこだまし続ける。ラディアはヒヤヒヤしながら成り行きを見守るしか出来ない。

しばらくして、ジュエルの作戦は成功した。

けたたましい鳥の鳴き声を不審に思ったクライスが木々の奥から出て来て、周囲をキョロキョロと見回す。そして湖の真ん中で動けなくなっているラディアを発見し、血相を変えて駆けて来た。

しかし、彼が近づくにつれ、ラディアを支える周辺の氷が悲鳴を上げるようにピシピシと亀裂音を立て始める。

——また、割れちゃうっ。

クライスまで巻き添えにしてしまうかもしれない。

ラディアは彼に、来ては駄目だと伝えようとしたが、あと十歩ほどの距離にクライスが迫って来たところでついに氷が割れ、体勢を崩してしまった。

「……っ！」

「ラディア！」

クライスの手が、ラディアの手首を掴む。と思ったら、信じられないほど強い力で引き上げられた。

「っ！」

割れ目にはまっていた足も抜け、引っ張られた反動のままクライスの胸に飛び込む。耳が押しつけられたクライスの胸からは、心臓が早鐘を打つ音が聞こえてきた。

彼の乱れた息が髪にかかり、大きな両腕ですっぽりと包み込むように抱き締められ、クライスの体温を全身で感じる。

命を脅かすほどの危険な状態から抜け出したことに全身の力が抜け、無意識に涙が滲んできた。

——助かったんだ……。

先ほどまで寒さと恐怖で震えていたが、クライスの存在が傍にあることで、自然と震えが治まっていた。

ラディアは温《ぬく》もりを求めるように、両手を彼の背に回し、身を摺《す》り寄せる。

「気づかなくて、すまなかった。怖い思いをさせたな」

優しく頭を撫でられ、それが心地よくてスッと目を閉じる。

とても静かな世界に、自分とクライスの鼓動だけが響く。こうして寄り添っているととても安心出来、ラディアは離れたくないと強く思った。

「ラディア、とりあえずここから離れよう。いつまた氷が割れないとも限らない」

その言葉でようやく我に返ったラディアは、自分の今の立場を思い出し、クライスの身体を押して勢いよく身を離した。

クライスは突然のことに、困惑したように瞳を揺らしている。

——助けてくれたのに、失礼な態度を取っちゃった……。

それでも、今の自分は女神。

島の者以外に身体を触られるのは禁じられている。ここで彼を拒まなければ、怪しまれてしまう。

〈ごめんなさい。でも、触れるのは……〉

「ああ、わかっている。これは私が悪かったんだ。だが、今回のことは非常時でのこと。どうか許してほしい」

〈……助けていただいて、ありがとうございました〉

幸い、他の人に見られたわけではないし、今日のこのことは二人の胸に秘めておけばいい。

そう伝えようとして、くしゃみが出た。

先ほどまでは気が動転して意識が向いていなかったが、気持ちが落ち着いてきたら身体が凍えていることに気づく。

湖に浸かっていた足はもちろん、引き上げられた時に飛沫《しぶき》が跳ねて服が濡《ぬ》れてしまっている。

肩を抱いて身震いすると、目の前でクライスがコートを脱ぎ、それで包み込んでくれた。

「馬車へ戻ろう」

ラディアは浅く頷いたが、少し歩いたところで大事なことを思い出す。

――ジュエル……！

慌てて周囲を見回すと、近くの木の枝に身を潜めるようにしてジュエルがとまっていた。

ジュエルに着せていたベールも毛皮も湖の割れ目付近に落ちているが、それを取りに戻るのは危険だ。

かといって、そのまま連れ帰るとジュエルがフクロウでないことを知られてしまう。

〈ジュエルを呼びます。少しの間、あちらを向いていてもらえますか？〉

クライスがジュエルのとまっている木に背を向けたのを確かめ、ラディアは左腕をかまえる。

枝から飛び立ち、慣れた身のこなしで腕にとまったジュエルを胸に抱き、コートで隠すようにすっぽりと覆う。こうすれば姿は見られない。

ジュエルを覆ったところで、クライスの服の裾を引っ張ってジュエルが戻って来たことを知らせると、彼は胸元の膨らみを見て首を傾げた。

「ジュエルを抱いているのか？」

寒さで暖を取っているると思ったのだろう。不思議な顔をしながらも、クライスはラディアの身を案じ、馬車へ向かって歩き出した。

馬車へたどり着くと、待機していた御者が防寒具を身に着けていないクライスを見てギョッとした顔をした。すぐさま自分のコートを差し出そうとしてきたが、クライスは防寒具なしで馬車を繰るのは危ないと断り、中へ乗り込む。

車内は、外よりだいぶ寒さが和らいでいる。

クライスのコートも温かいし、胸に抱いたジュエルの温もりもあり、ホッと息を吐き出す。

「湖に足が浸かっていただろう？　見せてみろ」

突然、そんなことを言われ、ラディアは頭を左右に振って固辞した。

しかし、彼は心配そうな顔で再度促してくる。

「凍った湖や川に落ちたら、あっという間に体温を奪われ、人も動物も身体が動かしにくくなり、そのまま沈んでしまう。助かったとしても、すぐに処置しなければ後遺症に苦しむことになるんだ」

――そんな大変なことに……。

ラディアはブーツを脱ぎ、湖に浸かっていた足を見せる。

状態を確かめるのが怖くて目を逸らしてしまったが、クライスは馬車の床に膝をつき、しげしげと観察しているようだった。

「ひどい状態ではないが、すぐに温めた方がいいな」

言うや否や、自身の手のひらをラディアの足の甲に当てた。

「っ……!?」

急に素肌に触れられびっくりして足を引いてしまったが、すぐに足首を摑まれ、引き戻される。

「応急処置だ。許してくれ」

「…………」

そう言われてしまっては、拒むことは出来ない。

ラディアが抵抗しなくなると、彼は両手で足を包み込み、ふくらはぎから踵《かかと》までさすりながら、はあ、と息を吹きかけ温めてくれた。

「冷たいな。……傍を離れるべきではなかった」

クライスの独り言のような呟きには、深い後悔が滲んでいる。

――クライス様は何も悪くないのに。

彼が傍を離れたのは、ラディアがジュエルの姿を見られたくないと言ったからだ。その思いを汲《く》んで、彼は一人で林の中で待っていてくれた。何も負い目を感じることはない。

そう伝えたいのに、今はジュエルを抱いているから手話が出来ない。

女神という立場を守るために、彼にきちんと礼を伝えられないことが、ひどくもどかしかった。

――クライス様は、こんなに優しくしてくれるのに……。

嘘ばかりの自分を、いつも気にかけてくれている。

でも、優しくされればされるほど心が痛み、最近はまともに目を見られないこともある。

もし、騙す相手が彼でなかったら、自分はこれほどまでに罪の意識に苛《さいな》まれなかっただろう。

こんなにも胸が苦しいのは、相手がクライスだからだ。

国王でありながら床に膝をつき手当てしてくれているクライスを見つめ、ラディアは顔を歪《ゆが》める。

すると、それを見たクライスが「痛むか？」と心配そうに聞いてきた。

ラディアが首を左右に振ると、クライスは青い瞳を悲しそうに伏せる。

「君が湖に落ちそうになった時、君がいなくなってしまったらどうしようと、一瞬、最悪なことが頭を過《よぎ》り、心が潰れそうになった。……君が私のことをまだ受け入れられないことはわかっている。きっと嫌われているのだと、今日までそのことが気にかかっていた。だが、そんなことは大きな問題じゃないと気づいた。君が生きていてくれることが一番大切なんだ」

予想外の言葉に、ラディアは驚きで目を大きく見開く。

――クライス様を、嫌ってなんかいない。どうしてそんな風に……。

でも、すぐに気づいた。

このところ、嘘をついている罪悪感から、彼を避けるような態度を取ってしまっていた。

何も知らないクライスからすれば、望まぬ結婚で故郷から遠く離れた雪国に連れて来られたことで、ラディアが彼を忌避《きひ》しているのだと思っただろう。

そんなこと、全くない。

彼にはなんの落ち度もないし、感謝こそすれ嫌うだなんてとんでもない。

すぐに嫌ってなどいないと説明したかったが、手が塞がっていて手話が使えず誤解を解けない。

なんとかして伝える手段はないかとラディアが考えていると、彼は静かな声音で続きを口にした。

「私のことを好きになれなくても、どうかこの国を嫌いにならないでほしい。今は雪しかないが、夏になれば雪が解け、花が咲き緑が美しい国になる。それを君に見てもらいたい」

クスタ島とは違うことばかりで驚かされたが、真っ白な雪が降り積もり全てを埋め尽くしていく様は美しいと思える光景で、夏になったらまた別の美しい景色を見られるのだと楽しみにしている。

だから、トールバルド国も、クライスのことも、嫌いだと思ったことは一度もない。

――むしろ、クライス様のことが好きで、この国のことも大好きで……。

心の中に言いたい言葉が溢《あふ》れてくる。

その中に、一つ引っかかりを覚える言葉があった。

――クライス様のことを、好き……？

それは、嘘偽りのない気持ち。

けれど、これまで出会った人に対して感じた『好き』という感情とは、どこか異なっている。複雑な感情が入り混じり、簡単に口に出来ないような重さを孕《はら》んでいた。

この違いはなんなのだろう。

ラディアは自分の心に問いかけ、やがて答えにたどり着く。

——僕は、クライス様を好きになっちゃったんだ。

それは恋愛感情からの好意で、友人に抱く感情とは似ているようで本質が全く異なっている。

彼に嘘をついていることが辛いのも、ただの後ろめたさだけではなく、好きな人に嘘をつきたくないという気持ちに起因していたのだ。

いったいいつから、好きになっていたのだろう。

今日、助けてもらったから？

いや、もっと前からすでに意識していたように思う。

政略結婚とも呼べる関係なのに、クライスは部屋から出てこない自分を案じ毎日顔を見せてくれて、気晴らしに外へも連れ出してくれた。

一つ一つは小さな出来事だったが、彼の誠実さや愛情深さが伝わってきて、クライスの存在がラディアの中で大きくなっていったのだ。

クライスはとても思いやりのある温かな心を持った人で、彼に惹かれたのは当然のことのように感じた。

——でも、クライス様が僕に親切にしてくれるのは、女神だと思っているからだ。

女神でもなく女性でもない、本当の姿で出会っていたら、きっとこんなにも自分に心を砕いてはくれなかっただろう。

女神だからこそ、自分は彼にとって価値がある存在なのだ。

――もし、女神じゃないと知られたら、軽蔑される。

こんな大きな嘘をつき続けているのだから、憎しみさえ向けられるだろう。

――辛い。

身勝手だけれど、クライスに嫌われたくないと願ってしまう。

そんなこと、不可能なのに……。

胸の痛みに耐えかねたラディアの瞳から、知らず知らずのうちに涙がこぼれ落ちていた。

その涙は頬を伝い、足を温めてくれているクライスの手に落ちる。

「ラディア？　泣いているのか？」

「……っ」

辛くて苦しくて、でもそれはクライスに知られてはいけない。

ラディアは緩く頭を振り、彼から視線を逸らす。

「城へ戻ったら、温かい湯に入り凍えた身体を温めよう。怖い思いをさせて、悪かった」

自分と一緒にいると、クライスは謝ってばかりいる気がする。少しも悪くないのに、気を使ってばかりだ。

国王なのに少しも威張らず、誠実で優しい人。

そんな人、誰でも好きになる。

――でも、僕は好きになっちゃいけなかった。

騙す相手を好きになってしまうなんて、なんと滑稽なことだろう。

——僕は、これからどうしたら……。

クライスともっと仲を深めるべきか、それとも距離を置くべきか、それすらわからない。

なぜなら、これほどまでに誰かに心惹かれたことがなかったからだ。

クライスとはすでに結婚し夫婦となっているが、決して好きになってはいけない人なのに。

ラディアは自分の気持ちを自覚し、苦しい恋の始まりに胸が切なく締めつけられるのを感じた。

「今日も晴れてる」

ラディアは大きな窓から空を見上げ、ポツリと呟いた。

トールバルド国で暮らし始めて、もうすぐ半年が経つ。

暦《こよみ》は三月下旬に差しかかり、近頃は雪晴れがよく見られるようになっていた。

クライス曰《いわ》く、まだ雪解けには二、三ヶ月かかるそうだが、二ヶ月前は連日大雪が降っていたことを思えば、厚い雲が流れ去り青空が見えるだけで、ずいぶん気持ちが晴れやかになった。

ラディアが生まれ育ったクスタ島は、大陸の南に位置するため一年を通して暖かく、雪なんて一度も降らない。その対極に位置する北の地にあるトールバルド国では、雪が解け緑が茂るのは一年のうち三ヶ月しかないそうだ。

ラディアからしたら信じられないことだったが、実際にこの国の冬を経験したことで、北の地の厳しさが身に染みてわかった。

だからこそ、余計に雪解けが待ち遠しい。

——どのくらい暖かくなるのかな?

本当にこの厚く積もった雪が解けるのだろうか。少し心配だ。

ラディアがひたすら外を眺めていると、部屋にノックの音が響いた。

掃除をしていたアイルが手を止め、扉をわずかに開けて来客を確認する。

「ラディア様、ハーベルさんがいらっしゃいました。お通ししてもよろしいですか?」

ラディアの承諾を得て、アイルがハーベルを室内に招き入れた。

ハーベルは挨拶もそこそこに、両手いっぱいに抱えていた細長い包みの束を、ソファの前のテーブルに並べていく。

「ハーベルさん、これはなんですか？」

「服の生地です。これから夏が来るので、夏用のワンピースを仕立てるようにとのクライス様のご指示です。こちらへ来て、どの色がいいか選んでください」

名前を聞いただけで、胸が高鳴る。

クライスは長い冬の間、ラディアの元に足しげく通ってくれた。

外へ連れて行ってもらった時にラディアが湖に落ちかけたことを気にしているのか、この半年近く、敷地外への外出には誘ってもらえていない。晴れた日に城の周りを散歩した程度だ。

しかし、一日のうちのほんのわずかな時間、二人で言葉を交わすその時を、ラディアは何よりも愛《いと》おしく感じている。

あの日、湖から引き上げてもらった時に、クライスへの想いを自覚した。

その時はどうしようと気が動転したが、一度自覚した気持ちをすぐに消し去ることなど出来ず、かといって彼に打ち明けることも出来なくて、今もまだ胸の奥にその想いを隠している。

こんな気持ちを抱いてはいけないと、何度も自分を戒めた。

でも、想いを断ち切ろうとしても、クライスに少し微笑みを向けられただけで、もろくもその決意が砕け散ってしまうのだ。

この恋が実ることはないとわかっている。

だが、好きでいることを止めることは出来ない。

毎日毎日、彼と共に過ごす時間が増えるにつれ、好きだという気持ちが膨れ上がり、目が合うと心が弾み、彼の心地いい声をずっと聴いていたくて相槌《あいづち》を忘れてしまうこともある。

楽しい時間はあっという間に過ぎていき、彼の姿が扉の向こうへ消えると、追いかけて行きたい衝動に駆られる。

そうした出来事を積み重ねるうちに、もうこの想いは止められないのだと思うようになった。

だからラディアは、トールバルド国にいる間だけは、クライスを好きでいることを許してほしいと願いながら、彼との逢瀬《おうせ》を重ねている。

「ラディア様？　どうしました？　どうぞ、こちらへ」

「あ、は、はい」

呼ばれてテーブルに歩み寄ったラディアに、ハーベルが埃《ほこり》よけの布を取り、中の生地を見せてくれた。触ってみると、確かに今着ているワンピースの布地より生地が薄く感じる。

――トールバルド国では、季節ごとに服の生地を変えるのか。

クスタ島では気候が安定しているため、季節ごとに服を一式仕立て直すことはない。肌寒くなったら上着を羽織れば対応出来る。

――今着ている服だと駄目なのかな？

ワンピースの上から着ているベストや上着を脱げば、夏も乗り越えられそうだけれど、と思ったが、せっかくのクライスからの心遣いだからと、生地を選んでみることにした。

しかし、あれこれ手に取ってみても、生地だけではドレスになった時にどうなるのかイメージが湧いてこない。

ラディアが青い生地を手に難しい顔をしていると、ハーベルが尋ねてきた。

「この薄いブルーが気に入りましたか？　夏には涼やかでいいでしょうね」

「いいえ、そういうわけじゃあ……。あの、女性の服のことはよくわからないので、アイルと相談してください。僕はなんでもいいので」

「わかりました。では、アイルさん、ラディア様に似合う色を選んでいただけますか？　あと、本来なら仕立て屋を呼んで採寸させますが、女神に触れさせるわけにはいかないので、今回もあなたに採寸をお願いすることになりますので、よろしくお願いします」

アイルは鮮やかな色合いの生地を見て、目を輝かせながら「任せてください」と胸を張る。やはり、女性はこういったものを見るのが好きらしい。

「さあさあ、ラディア様、そこにお立ちください。生地を当てて、お似合いになるか試しますので」

「わかったよ」

ワンピースの色なんて何色でもそう変わらないと思うが、彼女なりのこだわりがあるみたいだ。

ラディアは言われた通り、生地が並べられたテーブルの横に立ち、アイルに言われるがまま横を向いたり後ろを向いたりする。

「うん、一つ目はこの色がいいですね。夏らしい色味ですし、ラディア様の瞳の色と同じです。髪色ともよく合いますよ」

アイルはいくつもの布を当てた後、若草色の布をソファの上に置いて確保した。

「ああ、確かによく似合いますね。服のことは女性に聞くのが一番だ」

アイルは得意顔で引き続き布を当てていく。

ハーベルは生地が決まるまで待っているようで、アイルに好き勝手に扱われるラディアの様子を眺めていた。

「それにしても、髪がずいぶん伸びましたね」

ハーベルがふと気づいたように、ラディアの髪に目を留める。

トールバルド国に来たばかりの頃は襟足にかかる程度だった髪が、約半年経った今は肩につくほどにまで伸びていた。

前髪は目にかからないようにアイルが切ってくれているが、後ろ髪は揃える程度にしか切っていない。

——クライス様に、少しでも好きになってもらいたい。

長い髪が好きだとは言われていないが、女性らしい見た目にしたら、クライスも喜んでくれるのではないかと思い、伸ばしている。

そんなことをしたところで自分の性別が女性に変わるわけではないし、嘘で塗り固めるような行為であるというのに、クライスが好んでくれるならという思いを止められなかった。

ジュエルにすら本当の理由は言っていないが、ハーベルに髪の長さを指摘されて、変に動揺してしまう。

「え、ええ。長い髪にした方が、女神らしく見えるかなと思って」

「そうですね、よくお似合いです。どこまで伸ばすんですか？」

「ええっと、そこまでは考えていません。これ以上伸ばしたら、おかしいですか？」

「ラディア様のお好きな長さでかまいませんよ？　さすがに髪の長さにまでは私も口出ししません」

おかしくないと言ってもらえて安堵する。

「でも、そうですね。どうせならクスタ島へ戻るまで、伸ばしてみたらいかがですか？」

「それはさすがに手入れが大変になりそうなので、やめておきます」

――あと、四年半か。

妹のサリーがフクロウを与えられる十歳になるまでの月日は。

サリーが女神になったら、その後は、ラディアは急病にかかり故郷での静養を要するという名目でクライスと離縁する運びになる。そしてラディアの代わりに、十歳になったサリーを改めて嫁がせる予定だ。

正妃と離縁するなどトールバルド国でもかつてないことのようだが、代わりの女神を嫁がせるというのなら重臣たちも納得するだろうと、ハーベルは見越している。

この話は族長である父と、当事者であるラディア、発案者のハーベル、そして今回付き人をしてくれているアイルの四人しか知らない話だ。

ここでの生活も五年の辛抱で、それを過ぎればクスタ島へ戻り、時が来たら父の跡を継いで女神一族の族長になる。

当初はそれを希望にしてトールバルド国に来たが、長いと思っていた五年間が今は短く感じるようになってしまった。

こんなことではいけないのに、とラディアが表情を翳《かげ》らせると、それを見てハーベルが気遣わし気にそっと肩に手を置いてきた。

「ラディア様、あなたはこの国を出たら自由になれるんです。私は約束を忘れていません。だからその日まで、どうか耐えてください。お願いいたします」

「はい……」

了承する声が小さくなってしまったのは、クライスの傍を離れたくないという思いがこみ上げてきたからだ。

だが、自分がいつまでも偽物の女神を続けるより本物の女神であるサリーを迎えた方が、トールバルド国とクライスの幸せに繋《つな》がる。

――五年もクライス様の傍にいられるだけで、十分幸せだ。

ラディアは本心を押し込め、自身に言い聞かせるように心中で呟く。

すると、会話が途切れたところで、いきなり扉が勢いよく開いた。

二人で同時に振り返ると、扉の前にクライスが立っている。

彼がノックもなく部屋に入って来るだなんて初めてのことで、先ほどの話し声を聞かれなかったか心配になった。

ラディアが無意識に口元に手を当てると、彼は大股で室内を横切り、ハーベルをいきなり突き飛ばした。

「ク、クライス様……？」

数歩後ろへ下がり戸惑ったような声を上げるハーベルの前に、無言でクライスが立ち塞がる。

背を向けられているからラディアから表情は見えないが、クライスの全身からピリピリとした空気が立ち上っているように感じた。

——クライス様、どうしてこんなことを？

ここに来て半年近く経つが、クライスはどんな時も穏やかで、使用人が何かミスをしても笑って許すような度量の広さを持つ優しい人だった。そんな彼が、こんなに乱暴な行動を取るなんて。

彼が豹変《ひょうへん》した理由がわからず、ハーベルだけでなくラディアも困惑してしまう。

「クライス様、訪れに気づかずお出迎えせずに申し訳ありませんでした」

ハーベルは狼狽えながらも謝罪したが、クライスは険しい顔でピシリと言った。

「そんなことはどうでもいい。君は自分が何をしたのか、わかっているのか？」

冷たい声音が室内に響く。

怒号を上げ叱責しているわけではないのに、静かな声のトーンの中に、明らかな怒りが窺える。

何が原因かわからないものの、クライスが自分に対して苛立《いらだ》っていると悟ったハーベルは、すぐさま膝をつき頭を垂れた。

「……申し訳ございません」

「私の妻に、不必要に近づくな」

「はい。立場をわきまえず、申し訳ございませんでした」

厳しく叱責されているハーベルが気の毒に思えて、ラディアはついクライスに伝えた。

〈クライス様、彼を叱らないでください。距離が近かったというのなら、私にも彼と同じように非があります。どうぞ、私をお叱りください〉

ラディアがこんなことを言い出すとは予想していなかったのか、クライスは驚いたような表情を見せたが、すぐに苦々しそうに顔を歪めた。

「ハーベルをかばうのか？」

〈私も同罪だと言っているだけです〉

こんなに不機嫌なクライスは見たことがない。責めるような口調で質問され怯《ひる》みそうになったが、ラディアは勇気を振り絞って伝えた。

するとクライスはため息をつき、無言で部屋を出て行ってしまう。

「クライス様……」

呆然と彼の名を口にすると、背後でハーベルが立ち上がり「失敗してしまいました」と嘆いた。

「私が部屋に入って来た時に、扉をきちんと閉めていなかったのかもしれません。部屋の中だから誰も見ていないと思い、ついあなたに触れてしまった。位置関係から考えて、私がラディア様の肩に触れているのは見えなかったと思いますが、至近距離だったことは間違いありません」

「まさか、会話も聞かれてしまったんでしょうか？」

背筋がヒヤリとしたが、ハーベルは首を振って否定する。

「聞かれていたら、あなたが口を利けることばかりか、男性であることも知られ、問い詰められたはずです。それをなさらなかったのですから、私たちの会話は聞かれていないと思います。ですが、クライス様のあの反応を見るに恐らく……」

ハーベルは悩まし気に嘆息して続ける。

「困ったことになりましたね。こうなってしまったら、クライス様が新しい女神との再婚を納得してくださるか……」

正体を知られなかったことに安堵しつつも、ハーベルの含みある言葉にラディアは首を傾げる。

「再婚って、僕がクスタ島に戻った後の話ですか？」

「ええ。ですが、私は約束を守り、時が来たらあなたをクスタ島へ必ずお帰しします。どうか、ご心配なさらないでください」

「待ってください、どういうことです？　僕は島へ戻れない可能性があるんですか？」

急な話題の転換についていけずにいると、ハーベルがなぜか両目を見開き「お気づきでないんですか？」と聞いてきた。

「あれほどお怒りになったクライス様は、見たことがありません。よほど私があなたの近くにいたことが腹立たしかったのでしょう。つまり……」

ラディアはゴクリと唾を飲み込み続きを待ったが、ハーベルは言葉の代わりにため息をこぼした。

「……クライス様がご心配なさるお気持ちがわかりました」

「どういう意味ですか？」

ハーベルは戸惑うラディアの背中を軽く押し、「行ってください」と言ってきた。

「ラディア様はクライス様を追いかけてください。どうか、お願いします」

「え？　追いかけるんですか？　でも、すごく怒っていたから、僕が会いに行ったらまた怒らせちゃうんじゃあ……」

「クライス様のお怒りを静められるのは、妻であるラディア様だけでしょう。お願いいたします」

今度は深々と腰を折って頼まれて、ラディアはわけがわからないまま、クライスを追って廊下に出る。

——あ、ジュエルがベッドで寝たままだ。

わざわざ起こして連れて行くのもかわいそうに思え、少し迷ったが一人で行くことにした。

廊下の空気は暖炉に温められた室内と違い、ずいぶんひんやりしている。

何か羽織るものを取ってこようかと考えたが、廊下の先にクライスの後ろ姿を発見し、そのまま追いかけることにした。

廊下の突き当たりを右に曲がったクライスを、ラディアも小走りで追いかける。

途中で何人か使用人とすれ違ったが、皆、半年間部屋からほとんど出ずに過ごしていた女神が廊下を走っていることに、ギョッとした顔になった。

それにかまわず、ラディアは足を速める。

彼との距離はそう離れていない。名前を呼べば振り向いてくれるだろう。

けれど、発声を禁じられているラディアは呼び止めることが出来ない。

なんとか彼に追いつこうとしたが、あと少しというところでワンピースの裾をうっかり踏んづけ、転んでしまった。

その音で振り返ったクライスが、床に蹲るラディアを見て声を上げる。

「ラディア？」

「っ……」

こんな歳《とし》にもなって盛大に転んだことが恥ずかしく、頬を染めながらノロノロ起き上がると、クライスが手を差し出してくれた。

先ほどはとても怒った様子だったのに、まだこうして自分に優しくしてくれることに胸が温かくなったが、自分は女神。どんなに触れたくても、彼の手を取ることは出来ない。

困った顔で差し出された手を見ていると、クライスも決まり事を思い出したのか、その手を引いた。

「どこか怪我《けが》は？」

少し膝が痛い気がするが、絨毯のおかげで大したことにはなっていないだろう。

ラディアが立ち上り〈大丈夫です〉と手話で伝えると、クライスはホッと息を吐き出した。

「よかった、怪我がなくて」

しかし安心した表情を見せたのも束《つか》の間、今度は表情を翳らせ、静かな声で言った。

「……もう少し、自覚してくれないか？　君が私の妻だということを」

そこまで呟き、クライスは自身の発言を悔いるように緩く頭を振り、自嘲的な笑みを浮かべた。

〈クライス様……？〉

「いや、なんでもない。気にしないでくれ」

〈待ってください。何か私におっしゃりたいことがあるなら、どうぞ気兼ねなく言ってください〉

自分は遠ざけるような態度を散々取ったくせに、彼から距離を置かれると急に不安になり、ラディアは焦ってそう伝えた。

クライスはわずかに迷うようなそぶりを見せた後、観念したように口を開く。

「私は君と出会ってから、とても狭量な男になってしまった」

わけがわからなくてラディアが眉を下げると、クライスは真っ直ぐこちらを見つめ、静かな口調で続きを告げる。

「皆が君に好意を抱いている。その中の誰かを君も好きになり、愛するようになるんじゃないかと、不安なんだ」

女神は大陸の国々から正妃にと望まれる。国民も神話の女神と重ね合わせ、国を豊かにしてくれる存在だと慕ってくれる。

だから女神である自分も、トールバルド国で歓迎され丁重に扱われていた。

だが、自分はそれ以上の感情を向けられることはないと思う。

女神という肩書があるから、皆好意的なだけ。それ以上の気持ちはない。

彼は必要のない心配をしていると思ったが、あまりにも深刻な顔をしているものだから、ラディアは今の自分が誰のものなのか、はっきりと伝えた。

〈私はあなたの妻です〉

「だが、望んで結婚したわけじゃないだろう？」

〈それは、あなたも同じはずです〉

クライスは言い淀むように一拍間を置き、頷いた。

「……ああ、そうだ。私はトールバルド国のために、女神を娶った」

「っ……」

それが事実だというのに、クライスを愛してしまったラディアは、彼が自分を好きではないという事実を突きつけられた気がして、心臓が激しく軋《きし》むのを感じた。

――クライス様は、僕に優しくしてくれるけど、僕を好きなわけじゃない。

いや正しくは、好意を向けられているが、それは愛情ではない。国の窮地を救ってくれる女神だから、という意味で好きでいてくれている。

わかりきっていたことのはずなのに、彼の心が自分自身に向いていないことが無性に悲しくて、目頭が熱くなる。

ラディアが涙を堪《こら》えるために浅い呼吸を繰り返すと、クライスはなぜか辛そうに表情を歪めた。

「だが、君と過ごすうちに、気持ちが変化した。君と結婚したきっかけは国のためだったが、今はそれだけではない。政略結婚した相手を好きになることは、いけないことだろうか」

――え……？

それは、思いもよらない言葉。

彼が何を言ったのか理解するまでに、少し時間がかかった。

数秒の沈黙の後、ラディアは自分の思い込みによる勘違いではないかと疑い、確認するように聞き返す。

〈えっと、それはつまり……〉

「君を愛しているということだ」

飾らない言葉でのストレートな告白に、心臓が止まるかと思った。

瞳を大きく見開き、息を飲む。

――僕のことを、愛してる……？

はっきりと彼の口から語られた想いだが、にわかには信じられない。

だって、結婚式まで顔を合わせたこともなく、人となりも全く知らずに夫婦になった。

それに、形式的には正妃となっているが、女神は神聖な存在なので、およそ夫婦らしいことは何も出来ていない。

加えてラディアは言葉を発せられないから会話で楽しませることも出来ず、人に会わないよう一日中部屋に閉じ籠っている。

そんななんの面白みもない自分を、クライスのような容姿も性格もいい国王が好きになるだなんてあるわけがない。

――自分に都合がいいように、クライス様の言葉を変換してしまってる？

ラディアは好きな人に告白された喜びよりも、辛い現実から目を背けるために自分が望む妄想を膨らませてしまったのでは、と疑わずにいられない。

緊張で震える指を動かし、言葉を綴《つづ》った。

〈今、私を愛していると言いましたか？〉

クライスは微笑し、頷いた。

「ああ。君を愛している。愛しているから、君と親密にしていたハーベルに、嫉妬してしまった。国を守る国王という立場でありながら、近くで私を支えてくれている家臣を、感情のまま叱責してしまったんだ。それほど、私は君のことが好きだ」

ここまで言われて、クライスが心から自分を想ってくれているのだと、やっと信じることが出来た。

――こんなことが、起こるだなんて……。

ラディアは喜びで胸をいっぱいにしながら、自分も同じだと告げようと手を持ち上げる。

〈私は……〉

しかし、そこではたと思い留まった。

――クライス様は、僕の本当の姿を知らない。

クライスは、ラディアが女神であり、女性だからこそ愛してくれた。

しかし、実際は女神ではなく、性別も男性。

自分の本来の姿を知ったら、確実に彼の心は離れていくだろう。

――それに、僕は嘘をつきすぎた。

彼がその全てを知ったら、愛していると言った同じ口で、憎しみの言葉を吐くかもしれない。

――そんなの、聞きたくない。

嘘がばれた時のことを考えたら、凍《い》てつく湖に落ちた時のように、身体から体温を奪われていく、そんな錯覚に陥った。

本当は、心のままに打ち明けてしまいたい。

でも、それは出来ない。

ラディアは唇を噛みしめ、今、一番最適な答えを告げた。

〈クライス様のお気持ちは嬉しいです。でも、私は女神です。愛し合うお相手が欲しいのでしたら、側室をお持ちください〉

「な……っ」

絶句したクライスに一礼し、ラディアは身を翻す。

愛する人にひどい言葉を投げかけてしまい、涙が止まらなかった。

本心を知られないために逃げるように小走りで部屋に戻ると、ラディアはベッドに潜り込んだ。

その振動で、ブランケットを被りスヤスヤと眠っていたジュエルが目覚め、羽根を羽ばたかせる。

『なんだ!? 何が起こった!?』

ラディアは何も言わず、驚いて飛び立とうとするジュエルを抱き寄せ、胸に抱え込む。

『ラディア？ なんだ、いきなり？ おい、苦しいぞ』

「ごめん、少しだけ、こうさせて」

『はあ？ 何かあったのか？』

ジュエルは何が何やらといった様子で色々と質問してきたが、今は話す気になれなかった。

言葉の代わりに涙がこぼれ、ジュエルの羽根を濡らす。

ラディアが泣いていることに気づいたジュエルはピタリと動きを止め、大人しく抱かせてくれた。

――この国に、来るんじゃなかった。

そうすれば、性別を偽ることも、部屋に閉じ籠って過ごす必要もなかった。今頃、太陽が眩しいクスタ島で、穏やかな生活を送っていたはずだ。

――クライス様と、会うこともなく……。

そこまで考え、それは嫌だと強く思った。

クライスと会わずに生きる人生は、選びたくない。

たった五年間だけの結婚生活だとしても、それでも彼と一緒に過ごす時間はかけがえのないものになるだろう。

女神一族に生まれ鳥の言葉が聞こえるのに、男だから一族の繁栄に大した貢献が出来ない。こんな中途半端な自分を、クライスは愛していると言ってくれた。

たとえ、ラディアの本当の姿を知らずに寄せてくれた想いだとしても、彼の言葉がどれほど嬉しいものだったか……。

あんなことを言ってしまったけれど、本心では他の人を愛してほしくない。

自分だけをただ一人の妻として、愛してほしい。

今すぐ引き返して、あれは嘘だと言いたい衝動に駆られるが、そんなことは出来ない。

あんなに優しくしてくれたクライスの気持ちを受け入れなかったのだから、彼もきっとラディアへの想いを捨てるだろう。もう会いに来てくれないかもしれない。

クライスを失った自分に出来るのは、残された日々、女神としてトールバルド国の正妃であり続けることだけだ。

ラディアはこれが自分の運命なのだと、受け入れるしかなかった。


「もう結べるくらいお髪《ぐし》が伸びましたね。試しに結ってみましょうか？」

朝の身支度のために鏡台の前へ座ると、髪を梳《と》かしていたアイルが提案してきた。

六日前、ハーベルにも髪が伸びたと指摘されたことを思い出し、改めて鏡に映る自分の姿を確認すると、肩よりも少しだけ長い位置に毛先がきている。

男にしては長いが、女性のように髪を結うほどの長さはないように思う。

「まだ無理じゃない？」

「いいえ、なんとかなります。サイドの髪を編み込んでハーフアップにすれば、可愛《かわい》らしい印象になりますよ」

「詳しくないから、アイルに任せるよ」

アイルは嬉々として髪を分け、器用に手を動かし編んでいく。

オレンジ色の髪がまとめられていく様を見るとはなしに見ていると、ノックの音が聞こえてきた。

「あら、きっと朝食が届いたんだわ。……はーい、少々お待ちください」

アイルが大きな声で返事をし、手早く髪型を完成させた。

「どうですか？　可愛いでしょう？」

手鏡を合わせ、結った髪の出来栄えを見せてくれたが、やはり善し悪しはわからない。けれど、頬にかかっていた髪がなくなったことで、気分的にはすっきりした。

「うん、さっぱりした。ありがとう」

どういたしまして、と返し、アイルは来客の対応のため扉へ急ぐ。

ラディアが鏡台から立ち上がり窓辺に向かうと、アイルが客人を室内に招き入れた。

「さあ、どうぞ。ラディア様もお待ちしていたんですよ」

扉に背を向けて立っていたラディアは、アイルの言葉から来訪者が食事を運んで来た使用人ではないことを悟り、ギクリと身体を強張らせる。

「ラディア様、こちらへいらしてください。クライス様がお見えですよ」

「…………っ」

クライスとはあの日以来、顔を合わせていない。

毎日欠かさず部屋を訪れてくれていたのに、翌日から訪問がピタリと止まったのだ。

二人の間で交わされた会話を知らないアイルは、クライスがやって来ないことを不思議に思っていたようだが、ラディアはあの日の出来事を彼女に伝えることは出来なかった。

——どうしよう。

久しぶりに顔を見られる喜びと、先日、ずいぶんひどいことを言ってしまった気まずさ、さらに叶うことのない恋の苦しさが胸中に渦巻き、複雑な気持ちがこみ上げてくる。

六日も会えなかったのは初めてで、こうしてまた来てくれたのはとても嬉しい。もう二度と会えないとすら思っていたから……。

だが、ラディアは後ろめたさからどんな顔をしたらいいのかわからず、しばらく振り向けなかった。

クライスが背後に立つ気配を感じ、緊張がピークに達する。

「久しぶりだな。変わりはないか？」

六日ぶりに聞く声は、少し疲れているように感じた。

ラディアがチラリと視線を向け、そろそろと頷くと、クライスは言葉を探すように間を置いた後、事務的に告げてきた。

「今日は伝えておきたいことがあって来たんだ。数日前、バリール国のマーカス王子の使者がやって来た。使者が携えていた手紙には、マーカス王子を含めた一行が我が国を目指し移動中で、私に謁見したいと書いてあった。おそらく、今日あたり一行が到着する。君には直接関係はないが、王子を迎えるための準備で少々騒がしくなるので、気にしないよう伝えに来た」

バリール国という国名は聞いたことがある。確か、トールバルド国の隣に位置する国だ。だが、隣といっても両国の間には高い山があるため、頻繁に交流があるわけではないそうだ。

――どうしてバリール国の王子が訪ねてくるんだろう？

ラディアは思わず振り向き、手話で尋ねようとした。

しかし、クライスを前にしたら先日の自分の態度を思い出してしまい、後悔の思いから手が動かなくなってしまった。

クライスはしばらくその場で待っていてくれたが、俯いてしまったラディアにそれ以上声をかけることはなく、背後の扉へ身体の向きを変えてしまう。

――待って……っ。

引き留めたいけど、勇気が出ない。ラディアはグッと唇を引き結び、指をきつく握り込む。

すると、クライスが扉の前で足を止め、背を向けたまま告げてきた。

「その髪型も、よく似合っている」

直後に扉が閉まり、彼の姿は見えなくなった。

ラディアは窓に手をつき、ズルズルと座り込む。

「ラディア様、どうしました⁉」

「大丈夫、ちょっと一人にしてもらえる？」

「ええ……」

アイルは気遣わしそうにしながらも、部屋を出て行ってくれた。

ジュエルは続きの衣装部屋に隠れているはずだが、クライスが立ち去った後も出てこない。クライスとの間に何かあったと察して、気を使って姿を現さないでくれているのだろう。

――どうして……。

あんなことを言った自分に、嫌気が差していてもおかしくない。

他国の王子の来訪など、ハーベルにでも言伝《ことづて》させればいい。

それなのに、自らラディアの元を訪れ、去り際には髪型を褒めてくれた。

げんきんにも彼にたった一言褒められただけで、どうしようもなく嬉しいと思ってしまった。

――間が持たないから、目についた髪型を褒めてくれただけだ。

大した意味はないと自分に言い聞かせようとしたが、浮き立つ心は隠せない。

自分から遠ざけておきながら、ラディアはまだクライスのことが好きで、自分勝手だが、出来れば嫌われたくないと思ってしまう。

「この状態が、あと四年半……」

早くその時が来てほしいような、永遠に来てほしくないような、相反する気持ちを抱え、心が不安定に揺れていた。


その日の昼近く。

暇潰しに窓の外を眺めていると、雪の中に作られた道を見覚えのない馬車が走って来るのを見かけた。

ラディアが見つめていると、馬車は城の正面に停車し、中から白を基調とした華やかな衣服を纏った男性が降りてくる。

距離があるから顔立ちまではっきり見えなかったが、身なりや立ち居振る舞いから身分のある人だということが窺えた。

男性は城の使用人たちに出迎えられ、こちらに気づくことなく城の中へ入る。

「あの人がバリール国の王子かな？　そういえば、他国から客人がいらっしゃるのを見るのは初めてだ」

何か特別な用件があるのだろうか、と考えたが、ラディアが嫁いできたのは冬の初めで、以降ずっと雪が降り続いていたから、客人はこれまでトールバルド国に来ようにも雪が深くて来られなかっただけなのかもしれない。

「僕は正妃なのに、王子にご挨拶しなくてもいいのかな？」

通常、正妃となれば、国王と共に客人を迎えもてなすのではないだろうか。女神だから正妃としての役割はしなくていいと、そういうことか？

いずれにせよ、クライスがいいと言ったのだから、何もせずいつも通り部屋にいれば間違いないだろう。

城に誰が訪ねてこようと、ラディアの日々は何も変わらない。

この時は、そう思っていたのだが……。

マーカスがやって来た翌朝。

この日も快晴で、窓辺から差し込む太陽の光に誘われ、ラディアは窓を開けてみた。

想像では暖かい風が吹き込んでくると思ったのに、まだ風はとても冷たい。

「わ、寒い」

思わず独り言を呟いたその時、どこからか男性の声が聞こえてきた。

「やあ、おはよう」

「!!」

――しまった、下に人がいたのか。

ラディアは慌てて窓を閉めようとしたが、雪の上に立つ男性は、なおも話しかけてくる。

「君は誰だ？　名前は？」

「…………」

何を聞かれても答えることは出来ない。

ラディアが口を噤《つぐ》んでいると、男性は首を傾げ、自らの身分と名前を告げてきた。

「僕はバリール国のマーカスだ。怪しい者じゃない。だから、君の名前を教えてもらえないか？」

――マーカス王子……！

改めてよく見ると、彼の服装と焦げ茶色の髪は、昨日馬車から降りて来た男性と同じだった。

なぜこんな早朝に一人で雪が積もる庭を歩いているのだろう。

不思議に思っていると、彼はラディアの心を読んだかのように「散歩が朝の日課なんだ」と言ってきた。

「僕が誰だかわかっても、名前を教えてくれないのか？　……なら、当ててやろうか。君はラディア。クライス国王の正妃だろう？」

大陸には大小数多《あまた》の国がある。

どの国も繁栄を願い女神の花嫁を欲しているが、全ての国の国王が女神を娶れるわけではない。財力も必要だが、女神を求めた時に一族に年頃の娘がいなければ、物理的に嫁にもらえない。

運がいい国王だけが女神を娶れ、近隣諸国から羨望の眼差《まなざ》しを送られるのだ。

おそらく、トールバルド国が女神を娶ったという噂は、各国に伝わっている。だからマーカスも自分の名前を知っているのだと思った。

ラディアは声を出せないので、「そうです」という肯定の意味を込めて頷きを返す。

彼はラディアが話せないことまでは知らなかったようで、一言も言葉を発しないことに怪訝そうな声色で質問してきた。

「僕とは口を聞けないというのか？」

首を大きく左右に振り、「違います」と今度も仕草で答える。

正妃である自分が隣国の王子に対し、失礼な態度を取ったと誤解されてしまったら、両国の間にわだかまりが生じてしまうかもしれない。

そこでようやく、手話を使えばいいのだと思い立った。

〈私は声が出せないんです〉

普段よりも大きく手を動かして伝えると、マーカスにもきちんと伝わったようだ。

話を聞く方は問題ないのに、彼も手話で返してきた。

〈そうか、それは知らずに悪かった〉

〈いいえ、かまいません〉

〈ところで、なぜ君は昨夜のパーティーに顔を出さなかったんだ？〉

マーカスに言われて、昨夜、歓迎のパーティーが開かれていたことを知った。話せない自分を呼んでも客人に気を使わせるだけだと思ったからか、またはクライスがラディアを傍に置きたくなかったからか……。

クライスの真意はわからないが、単純に何も知らされていなかったことに、少し傷ついてしまう。

ラディアがマーカスの質問になんと返そうか迷っていると、外からハーベルの声が聞こえてきた。

「マーカス王子、こちらにいらしたんですか。お捜ししました」

「朝は散歩しないと落ち着かないんだ」

「お食事をご用意いたしましたので、こちらへどうぞ」

ハーベルはラディアに気づかず、マーカスを伴い歩き出す。

ところが、マーカスは最後にもう一度こちらを振り向き、〈また〉と手話で挨拶してきた。

ラディアは窓を閉じ、冷えてしまった身体を温めるため暖炉の前に移動する。

――若そうな人だったな。

声や雰囲気から、クライスよりは若くラディアより年上の、二十歳くらいの印象を受けた。

「久しぶりに、アイルやジュエル以外の人と話した気がする」

昨日、クライスは部屋を訪れてくれたが、どうしても身構えてしまい会話らしい会話は出来なかった。それに、ハーベルもクライスに叱責されて以降、よそよそしい態度で距離を置いて接してくる。

こんなに気負わずに自然に話せたのは、ラディアを女神だと特別視しないマーカスの気さくな人柄からだろう。

マーカスのことを考えていたら、先ほどの彼からの質問がふと頭に浮かんだ。

〈なぜ君はパーティーに顔を出さなかったんだ？〉

そんなの、自分に聞かれてもわからない。

だって、パーティーが開かれていたことすら知らなかったのだから。

――もし、僕がクライス様の気持ちを拒まなければ、正妃として僕をマーカス王子に紹介してくれたのかな……。

そんなことを考えたところで、現実は変わらない。

ラディアはクライスに必要とされない現実に痛む胸を押さえ、それでもあの時の判断は間違っていなかったのだと思うしかなかった。


その日の昼過ぎ、マーカス王子一行は城を出発しようとしていた。

見送りをするよう呼ばれるかもと期待したが、クライスから声がかかることはなく、自室の窓から豪奢な馬車に乗り込むマーカスを見ていた。

見送りに出ていたクライスの姿も目に入り、胸が切なく締めつけられる。

ラディアは無意識に窓に張りつき、クライスの背中を見つめた。

そうして、マーカスが馬車へ乗り込もうとした時。

こちらを見上げたマーカスが頭上に手を挙げ軽く振り、別れの挨拶をしてきたのだ。無視するわけにもいかず、ラディアも小さく手を振り返す。

すると、マーカスの行動を不審に思ったクライスもこちらに視線を送ってきたので、ラディアは咄嗟にしゃがんで隠れた。

その後、馬車が動き出す音がし、車輪の音が遠ざかっていくのを聞きながら、あからさまに避けるような態度を取ってしまったことを後悔する。

クライスと険悪になりたいわけではない。

けれど、愛していると言ってくれた彼を突き放してしまった以上、元の関係に戻れないこともわかっている。

なら、せめてこれ以上、彼に嫌われないように、この城の中で息を潜めて時間が過ぎていくのを待つしかない。

「はあ……」

大きなため息をつきその場に座りこんでいると、ふいに扉をノックされた。

——誰？

アイルは昼休憩に行っており、今はラディアとジュエルだけしかいない。ラディアはジュエルに衣装部屋に隠れているよう言い、そっと扉を開けた。

「……ラディア」

「っ……！」

扉の前に立っていたのは、先ほどマーカスの馬車を見送っていたクライスだった。

——どうしてここに？

時間的に、見送ってすぐ部屋を訪ねて来たことになる。

いったい自分になんの用だろう。見送りに呼ばれてもいないのに、窓から様子を窺っていたことを注意されるのだろうか。

ラディアは叱られることを覚悟し、身を固める。

「君一人なのか？　アイルはどうした？」

〈今は休憩中です〉

「なるほど。……君に聞きたいことがあるんだ。先ほど君は、何をしていた？」

本題を切り出され、いよいよ全身に緊張が走る。

クライスは怒っているようには見えないが、どこか纏う雰囲気がいつもと違っていた。

ラディアは素直に謝ろうと、手話で言葉を綴る。

〈出すぎたことをして、申し訳ありませんでした〉

「やはり、先ほどマーカス王子が手を振っていた相手は君か」

〈……はい〉

「話がある。中へ入ってもいいか？」

ここは国王であるクライスの居城で、自分はそこに置いてもらっている身だ。拒否なんて出来ない。

ラディアが道を開けると、彼は真っ直ぐ窓辺へ向かう。

「君は、王子と面識があったのか？」

ただ単純に、勝手に人前に姿を見せたことを怒られるのかと思ったのに、彼は別の質問をしてきた。

なんと答えたらいいのかわからずにいると、クライスが苦笑する。

「別に怒っているわけじゃない。……そう言っても信じてもらえないだろうが、私は反省したんだ」

――反省？　何を？

ラディアが首を傾げると、クライスは窓枠にもたれながら口を開く。

「私は、君を束縛しすぎていた。誰と会うのも、話すのも、君の自由だ。私に君の自由を奪う権利はない。すまないことをした」

それは、一週間前のハーベルの件を指しているのだろう。

ラディアの方こそクライスにひどいことを言ってしまったのに、なぜ彼が謝るのか。

ラディアは混乱して、必死に首を振る。

〈私こそ、とてもひどいことを言いました。謝るのは私の方です。すみませんでした〉

ラディアが俯くと、頭を上げさせようとしたのか、クライスが近づいてくる気配がした。けれど、肩に触れる寸前でハッとしたように手を下ろす。

「言われても仕方ないことを私が先にしたんだ。君は怒って当然だ。何も気に病《や》むことはない」

ラディアが顔を持ち上げると、クライスは以前と変わらぬ穏やかな微笑を浮かべた。

「二度と君の行動を制限しないと約束する。私の気持ちを押しつけて困らせるようなこともしない。だから、また君に会いに来てもかまわないか？」

それは、ラディアも望んでいたこと。

本当は、一緒にいたい。

けれど、あんなことを言ってしまったから、もう元には戻れないと思っていた。

すぐに頷きたかったが、また毎日顔を合わせ会話をするようになったら、クライスを騙していることへの罪悪感に苛まれるのではないだろうか、といった不安がこみ上げてくる。

——でも、それでも一緒にいたい。

きっとたくさん悩むだろうが、彼の妻でいられるのは五年しかなく、クスタ島へ戻ったらもう一生会えなくなる。

だったら、今この時を大切にしたい。

ラディアは心を決めて、手を動かす。

〈はい。私を許してくださるのなら〉

「当たり前だ。私は君に怒りを覚えたことなどない。きっと、これからも君に対して負の感情を抱くことはないだろう」

彼はそう言ってくれるが、ラディアが偽物の女神だと知ったら、怒りや憎しみを覚えるだろう。

それを想像したら、寒くないのに指先が凍えるように冷たくなった。けれど、もしもの話ばかりを憂えるのはやめよう。

クライスの傍にいられるのは数年だけ。楽しいことだけ考えようと思った。

「ところで、話を戻すが、マーカス王子とはどこで知り合ったか聞いてもいいか？」

クライスは遠慮がちに尋ねてきたが、別に隠すようなことでもないので、今朝外を見ていたら散歩中のマーカスを見かけたのだと答える。

するとクライスは「どのような話をした？」とさらに聞いてきた。

なぜそこまで知りたがるのか理由がわからず、わずかに首を傾ける。

「私のいないところで、マーカス王子と言葉を交わしたことを責めているわけではない。ただ、少し気になることがあるんだ」

部屋の扉を開けた時から、クライスはどこか思い悩んでいるような表情をしていた。

その原因は自分にあると思ったが、こうして互いに謝罪して関係を修復した今でも、まだ彼はどこかすっきりしない顔をしている。こんなクライスは珍しい。

〈何を気にされてるんですか？〉

「君には隠し事は出来ないな」

クライスは困ったように笑いながらも、打ち明けてくれた。

「私に国王としての力量が足りず、情けない話だが、我が国の財政は非常に切迫しているんだ。何か策はないかと模索してきたが、何しろこの雪だ、農作物は短い夏の間にしか育たず、かといって他国に輸出出来るような特産品もない。非常に苦しいというのが、正直な内情だ」

〈そんなに苦しい状況なんですか？〉

「君に贅沢な暮らしをさせてやれないくらいには、貧しい」

〈私は特別今の待遇に不満はありません。広い部屋と温かな服、飢えることのない環境をいただいてますから〉

クライスは目を細め、口元に柔らかな笑みをたたえた。

――まだ、僕のことをこんな目で見てくれるんだ……。

甘さを含んだ眼差しで見つめられ、胸が大きく拍動する。

「君が宝石を欲しがるような妻でなくて助かっている。これまでに君が望んだのは、新鮮な果物だけだ。よい妻を娶れて幸いだった」

それは、男だから装飾品に興味がないだけだ。

とはいえ、本当のことを言えるはずもなく、ラディアは誤魔化すように伝えた。

〈食い意地が張っていて、お恥ずかしいです〉

彼は小さく噴き出し、笑いを収めてから先を続ける。

「妻には恵まれたが、この国が困窮しているのは変わらない。何か他国に輸出出来るようなものがあれば、夏の間に外貨を稼ぐことも出来るが……、鉄や金が出ないかと山を掘ってみても、夏の三ヶ月間しか作業が出来ないこともあり、未だに見つかっていない。だから、家臣たちに提案され、女神の力にあやかることにした。女神を迎えれば、我が国が生き残る活路が見出せなくても、せめて民に希望を与えてやれると思ったんだ」

彼が口にしたトールバルド国の状況は、ラディアが想像していた以上に苦しいものだった。

ハーベルが女神の花嫁をなんとしても迎えようと、鬼気迫る様子だったのも頷ける。

――あれ？　じゃあ、どうやって結納金を払ったんだろ？

ハーベルは結婚が決まった時に、携えてきた多額の金貨を族長である父に渡していた。

〈結納金はどうやって捻出したんですか？〉

「国庫から出せるだけ出し、それでも足りない分は、城の中の調度品を売って用意した」

——そこまでして、女神を……。

女神一族は大陸中の国々から神聖視されているが、実際は女神もフクロウも、何か宣託するほどの神秘的な力は持っていない。

それでも、多くの国が女神を求めて使者を送ってきていた。これまで女神を迎えたいと申し出てきた国々の中にも、トールバルド国のように最後の希望を抱いて、国庫を空にしてまで起死回生を図った国もあったかもしれない。

——そこまでしたのに、僕は偽物……。

とても申し訳なく思った。

そういった感情が顔に出ていたようだが、クライスはラディアがただ単純に結納金のことで負い目を感じていると思ったようで、声に力を込めて言ってきた。

「君には、それだけの価値があった。実を言うと、私は女神を迎えることで何が変わるのかと半信半疑だったんだ。だが、君と出会い共に時間を過ごしたことで、我が国の美しさに気づかされた。君が雪や氷を見て驚き感動してくれたから、私は自分の国を以前より愛することが出来たんだ。絶対に守りたいと、改めて思うことが出来た」

前向きな言葉を口にした後、クライスはなぜか表情を翳らせた。

これまでに見たことがない弱さを滲ませた顔を目にし、ラディアは胸騒ぎがした。

〈何かあったんですか？〉

「……この国を救うための策は引き続き練っているが、どうにも見つからない。今はなんとか国民も耐えてくれているが、この先もし雪が降る期間がさらに長くなってしまったら、トールバルド国は生き残れないだろう。……そういった状況に置かれている中で、昨日やって来たマーカス王子から、ある話を持ちかけられた。バリール国の支配下に入らないか、と。そうすれば、この地に住む民を守るために、足りない物資を援助すると言われた」

国政のことは正直よくわからない。だが、「支配下」という単語には、不穏な気配を感じる。

〈バリール国の支配下に置かれたら、どうなるんですか？〉

「トールバルド国は事実上、消滅する。おそらく、バリール国トールバルド地方のような名称になるだろう。今後はバリール国の国王がこの地を支配することになり、国土にあるもの全てがバリール国のものになる」

〈じゃあ、クライス様は？〉

「マーカス王子には、この地の領主としての地位を約束すると言われた。バリール国の領土になっても、私が引き続きこの地を治めることになるそうだ。民の暮らしを考えれば、マーカス王子の提案に乗った方がいいのではと考えたが……、一つ気になることがある」

クライスの性格からして、自身が国王の座を失うことを恐れているのではないだろう。彼がバリール国の提案をすぐに飲めないのには、他に理由があるはずだ。

〈どんなことです？〉

「大陸の国々は、和平協定を結んでいる。私欲のための争いをやめ、大陸全土を豊かにしようという協定を。だが、バリール国の国王が病床に伏せった数年前より、バリール国は些細《ささい》な諍《いさか》いの種を見つけては周囲の国々に抗議し、国を守るための正当な戦いだと主張して近隣の国を侵略するようになったんだ。トールバルド国は支配下に置いてもなんの利益ももたらさないと判断されたのか、これまでバリール国は何も仕かけてはこなかった。だが、おそらく我が国を足がかりにして、さらなる領地拡大のための侵略を行おうと目論《もくろ》んでいるのではないかと睨《にら》んでいる。そうなったならば、この地は戦いの最前線になり、多くの民が傷つくことになる」

——そんな……。

バリール国はただの善意で、困っている隣国を助けようとしてくれているわけではなかった。

民が傷つく恐れがあるのなら、クライスがこの申し出に応じるわけがない。

その場で断ったはずだと思ったが、ならなぜクライスは悩ましい顔をしているのだろう。

〈断ったんですよね?〉

「もちろん、断ろうとした。だが、マーカス王子は私が断った場合、力ずくで我が国の領土を奪うと言ってきたんだ。断ったら、バリール国に攻め込まれる。どちらにしても、民を争いに巻き込んでしまうことになる。考える時間はもらったが、そう長くは返答を待ってはくれないだろう」

脳裏に、かつて訪れた村で出会った人々の顔が思い浮かんだ。

皆厳しい天候に屈することなく、小さな幸せを大切にしながら、懸命に生きていた。国王であるクライスとその妻のラディアのことも心から歓迎してくれ、とても親切にしてくれた。

彼らを危険な目に遭わせるだなんて、絶対に嫌だ。

まだこの国に来て日が浅いラディアでさえそう感じるのだから、ここで生まれ育ち、民を導く立場のクライスならもっと強くそう思うだろう。だからこそ、悩んでいる。

自身の決断で、国民の運命が変わる。大勢の人の未来を、クライスは背負っているのだ。

その責任は、ラディアが考える以上に重いものだろう。

「一番いいのは、バリール国が手を引いてくれることだ。だが、それは現実的ではない。不本意だがバリール国と戦い、勝ってトールバルド国を守るしかない。しかし、我が国は護衛隊は置いているが、戦闘に慣れている兵士はいない。バリール国に勝てる見込みはないだろう」

トールバルド国の最大の敵は、今も昔も自然や天候だったのだろう。厳しい冬を乗りきるために、人々が協力し合うことが必要で、だから他国と戦うことは想定しておらず、準備もしてこなかった。

この国は日々の暮らしで精一杯なのだ。

〈他の国に守ってもらえないでしょうか?〉

自国に力がなくとも、バリール国が手を出せないような大国に間に入ってもらえば、丸く収まるのではないか。何より、この大陸にある各国は、和平協定を結んでいる。本来であれば、今回のバリール国のような横暴な行為は許されることではない。

ラディアはクライスに提案してみたが、彼は厳しい顔をするばかりだ。

「我が国は、冬の間は雪で閉ざされる。だから、どうしても他国との関係が希薄になってしまう。こうなるとわかっていれば、国交に力を入れたのだが……」

己の思慮が足りなかったとクライスは悔しそうに言うが、ラディアは諦めきれない。

〈まだ遅くはないです。出来る限りのことをしましょう。きっとどこかの国が手を貸してくれます〉

「マーカス王子からは、次の冬が来る前に答えを出すよう言われている。今から他国に助けを求めるとしても、使者を出せるのは雪が解けてからだ。夏の三ヶ月間で、助けたところでなんの利ももたらさないこの国のために、動いてくれる国が見つかるとは思えない」

〈なら、この国が利になるということを、示せばいいんです〉

――こんな形で、この国がなくなってしまうなんて嫌だ。

トールバルド国に他国が必要としているようなものがないか、探さなければ。

ラディアが勢い込んで伝えると、クライスはフッと笑った。

「君はこんなにも強かったんだな。知らなかった。……大丈夫だ。バリール国に下るとしても、民の身の安全は確保されるよう最善を尽くす」

クライスはもう、トールバルド国の存続を半ば諦めているようだ。

けれど、本心ではクライスも、他国にこの国の未来を託したくはないはずだ。それでも、民のことを考えた末に、バリール国の申し出を受けようと考えている。

それがクライスの声色から伝わってきて、だからこそ、ラディアは強く思った。

――愛する人が大切にしているこの国を、守りたい。

これまで、クライスには色々としてもらうばかりで女神らしいことは何もしていない。せめて彼が窮地に立たされている時くらい、トールバルド国のために何かしたかった。

〈私は女神です。この国を救ってみせます〉

自分に何が出来るのかわからない。それでも、あらゆる方法を試そう。

ラディアが強い決意を滲ませると、クライスはハッとした顔をした。

「……そうだったな、トールバルド国には女神の加護がある。君がこの国に繁栄をもたらしてくれる」

クライスの瞳に、わずかに生気が戻ってきた気がする。

〈一緒に考えましょう。どうしたら、他国にこの国を必要としてもらえるのかを〉

「ああ。君が一緒なら、きっとなんとかなる」

二人で考えれば、何か策を思いつくかもしれない。

ソファに腰を下ろし、二人で様々な案を出し合っていく。

価値の高い鉱物が山から採掘出来れば他国との交渉材料になるだろう、とクライスが言い、雪が解けたら採掘作業を再開させることになった。

だが、必ずしも鉱物が見つかるとは限らない。

クライスが王位に就いてから夏の間に掘削《くっさく》を続けているそうだが、これまで鉱物は何も発見出来ていないという。

第二の手も考えておく必要があった。

――この国にしかないものを探さないと。きっとそれが価値を持つ。

ふと窓の外を見やると、陽光を反射した雪が煌めいていた。

今日も太陽が出ているが、まだ雪解けの気配は遠い。

――クスタ島は、そろそろ朝晩の冷え込みも落ち着く頃なのに。

北と南で気候が違うことは知っていたが、景色そのものがこれほど変わるとは思わなかった。両方を体験したラディアは、どちらの地域もそれぞれ悩みを抱えているものだなと思う。

寒くて雪が降るのも困るが、南の暑さも辛いものがある。

クスタ島では、食材は当日の朝に調達しないと暑さで腐ってしまう。

毎日、朝早くから食材を求めて出かけるのは大変で、数日程度家で保管しておけるような技術があれば、とても生活が楽になるのにとよく思ったものだ。

幸い、クスタ島の周りは綺麗な海に囲まれているため魚は容易に手に入るので、食べたくなったら釣り糸を垂らせばいいし、温暖な気候のため農作物も十分採れ、果物がなる木もよく育ち、食糧に困ることはなかった。

しかし、気候が温暖でありながら海に面していない国は、海鮮系の食材を手に入れるのが難しいのではないだろうか。他国の海で釣れた魚を輸入するにしても、夏だと気温が高くて道中で腐敗してしまう可能性が高い。

――なら、南方の海がない国の人は、海の魚を食べられないのかな？

もしそうだとしたら、トールバルド国が魚を乾燥させて保存食にしている技術を知りたいと思うのではないか？

〈クライス様、冬の間の食糧の保存方法について、お聞きしたいのですが……〉

ラディアは今思いついたことをクライスに話し、この技術を他国が欲しがるようなら交渉に使えないか、または、トールバルド国で保存食として乾燥させた魚や肉を輸出したら、需要があるのではないかと相談してみる。

　しかし、そう上手くはいかなかった。

「乾燥させれば保存出来る期間は延びるが、トールバルド国でも夏場に乾燥させた肉を何ヶ月も置いておくと腐ってしまう。南の国なら、ここより気温が上昇するだろう？　おそらく運搬途中で腐ってしまうだろう」

　――いいアイデアだと思ったんだけどな。

　ラディアは落胆したが、すぐにある疑問を抱いた。

〈いつも私が口にしている干した魚や肉は、どこで保存しているんですか？　冬は食糧の調達が困難になるから、夏の間に作って保存しているんですよね？　何ヶ月も腐らないように、どこで保管しているんですか？〉

「確か、城の敷地内にある食糧庫だったと思う。暖炉を使う城の中より、降り積もった雪に覆われる食糧庫で保管した方が腐りにくいからな」

　暑いから食材が腐る。だが、このトールバルド国では、長い冬の間ずっと食糧を保存しておいても腐らない。それは、雪で気温が下がっているからだ。

　――そうだ。

〈雪も一緒に運搬するのはどうでしょうか。それなら荷物が腐ることはないのでは？〉

「雪か。だが、雪も太陽の光が強いと溶けてしまう。南に到着する前に水に戻ってしまうだろう」

　――これも駄目か……。

しゅんと項垂れると、クライスが「待てよ」と声を上げた。

「雪より氷の方が溶けにくいんだ。氷ならラディアの案は可能かもしれない。村に住む民も自宅の氷室で食料を保存しているし」

〈本当ですか!?〉

「交易のためとなればかなりの量が必要になるし、出来るだけ氷を溶けにくくするために工夫は必要になるだろうが、上手くすれば、南にある国へ乾燥した魚や肉を運搬し、数日間保存しておけるよう氷ごと輸出できるかもしれない」

〈南の地域なら、氷があったらとても嬉しいと思います。何日か分の食材を置いておけるなら、日々の生活がすごく楽になりますから。そうなると、乾燥させた魚や肉を輸出するよりも、氷自体の方が喜ばれるかもしれません〉

ラディアは興奮ぎみに素早く手を動かし、手話で伝える。

しかし、あまりにも早く手を動かしすぎたようで、クライスに「落ち着け。もう少しゆっくり話してくれ」と苦笑されてしまった。

〈す、すみません〉

「いや、私も同じ気持ちだ。もしラディアの言う通り、南に位置する国々で氷が重宝されるようなら、交渉の材料として使えるかもしれない。地形の関係で、これほど雪が降り積もる国はトールバルド国だけだ。この国にいくらでもある氷が特産物になるかもしれないのなら、検討する価値は十分ある」

運搬に人手は必要だが、氷の元は水だ。

この国でなら冬の間に器に入れた水を外へ出しておくだけで、翌朝には氷が出来る。この案が実現可能となったならば、元手もかからずにほぼ無限に作れる最高の特産品になりえる。

「となると、今すぐ動いた方がいいな。あと二ヶ月で夏になってしまう。雪が降っているうちに、たくさん氷を作り、保管しておかなければいけない」

クライスが立ち上がり、この話を家臣たちに伝えるべく、急いで部屋を出て行こうとする。

彼の頭の中は、具体的な氷の生産方法や運搬方法のことでいっぱいなのだろう。

けれど、クライスは扉のノブに手をかけたところで慌ただしく戻って来た。

「君のおかげで、トールバルド国は救われるかもしれない。ラディア、君には感謝してもしきれない。女神が国を豊かにするという言い伝えは、本当だったんだな」

クライスの空色の瞳は力を取り戻し、心からの笑みを浮かべている。

ラディアもようやくトールバルド国の役に立てて嬉しかったが、「女神」と称され複雑な感情が胸に渦巻く。

——僕は、女神じゃないんです。

嘘をついていることが苦しくて咄嗟にそう口をついて出そうになったが、それをなんとか飲み込み、ラディアも笑顔を作る。

〈私もお役に立てて嬉しいです〉

罪悪感を無理やり胸の奥底に押し込め、ラディアは微笑みながらクライスを見送り、扉が閉まると同時にふっと息を吐き出した。ソファに力なく座り込み、誰にともなく独り言を呟く。

「これで、少しは償えたかな……」

いや、たとえ新たな特産品を生み出すことに成功したとしても、自分がクライスを騙している事実は消えない。

彼は、自国を救う女神だと言ってくれた。

だが、本物の女神だったらこんなことはしない。偽物の女神だから、必死に知恵を絞り、この国のために何か出来ることはないかと考えるしかなかったのだ。

嘘をついてトールバルド国の人々を騙したことは、クスタ島に戻ってからも、きっと一生、忘れることはない。誰にも言えぬ秘密として、罪悪感を抱いて生きていくことになるだろう。

だからこそ、せめてもの償いの意味も込めて、この国のために何かしたかった。

——どうか、上手くいきますように。

この国を守りたい。そのためなら、なんだってする。

不安や罪悪感は拭い去れないけれど、愛する人のために、自分が少しでも役に立てたならそれはとても幸せなことだと、そう思った。


ラディアは目の前で絶え間なく飛び交う意見に耳を傾けながら、場違いな空気に居心地悪く身を縮こまらせる。

――やっぱり、僕なんかがいていい場所じゃない。

そっと視線を巡らせると、父親ほどの年齢の重臣たちが神妙な顔つきで、昨日、ラディアとクライスが話し合った氷の輸出について、議論を繰り広げていた。

「価値がつくほどの綺麗な氷を作るなら、不純物が混入しにくい洞窟はどうでしょう。木材で大きな木箱を作り、そこに湧き水を溜めれば……」

「この辺りの湧き水はまだ凍っている。今回、輸出が上手くいったら来年の夏に湧き水を溜めておき氷にすればいいが、今は二ヶ月後に迫った今年の夏に輸出する氷を作らなければならない。……そうだ、大きな川ならどうだ？　完全に凍っていないだろう？　川の上流に滝がある。あそこから水を汲んでくればいい」

「滝まで行く道にまだ雪が積もっている。水を汲んだ後の木箱の運搬も大変だろう？　道を作ることと、運搬方法も考えないと……」

――僕、まだいなくちゃ駄目なのかな？

家臣たちが大きなテーブルを囲み次々に意見を口にするのを見て、ラディアはじっと座っているだけの自分がここにいてもかえって邪魔になるのでは、と思ってしまう。

今朝、クライスに頼まれてこの会議に出席することになった。

前日、クライスはラディアの部屋を出た後、すぐさま重臣たちを集め、氷の輸出を提案したそうだ。けれど、氷が売れるなどとは考えてもいなかった重臣たちは、いまいちピンとこなかったようで、反対こそしなかったが積極的に輸出事業を進めようとも言ってくれなかったらしい。

そこでクライスが女神であるラディアの助言を受けて思いついたことだと話したところ、重臣たちも真剣に検討する運びとなったそうだ。

クライスはその重臣たちの反応を見てラディアに会議への出席を打診してきて、南の地方で氷に需要が見込める理由を話してほしいと頼んできた。

クライスから頼み事をされたのは初めてで、ラディアは二つ返事で了承したが、会議の場には想像していたよりも多くの重臣たちが集まっており、その緊迫した空気に気圧《けお》されそうになった。

なんとか手話で氷の必要性を説明出来たが、話し終わった後も重臣たちから「ぜひ、このまま会議に出席していただけませんか？」と懇願され、断り切れずに残ることになったのだ。

だが、会議はだんだん白熱していき、もはや自分がここにいる意味はないのではと感じ始めている。

助けを求めるように隣に座るクライスに視線を送ると、ラディアの表情から考えていることを読み取ってくれ、さりげなく退席させてもらえた。

会議室の外で待っていたアイルの道案内で自室に戻り、ラディアはそのままベッドにうつ伏せに倒れ込む。

「つ、疲れた」

「あらあら、少しお昼寝なさいますか？　それとも、何か飲み物をお持ちします？」

「うーん、緊張して喉が渇いたから、温かい飲み物をもらえると嬉しいな」

「わかりました。淹《い》れてきますね」

「ありがとう」

アイルは静かに部屋を出て行く。

ベッドの上でゴロンと転がり仰向《あおむ》けになると、会議について来てくれたジュエルが胸の上に乗ってきた。

『おい、これを外してくれ』

「あ、ごめん」

人前に姿を見せることが出来ないため、ジュエルはベールと毛皮を着て出席した。会議中は我慢してくれていたが、この格好はやはり窮屈らしい。

ラディアが首に結んである紐を解きベールと毛皮を取り去ってやると、ブルブル身体を大きく震わせた後、翼を広げ部屋の中を軽く飛び回った。

『ああ、すっきりした』

「つき合ってくれて、ありがとう」

『いいさ、どうせ他にやることはないんだ』

ラディアにとっては広い部屋でも、空を飛び回るジュエルにしたらとても狭い。

――また空を自由に飛ばせてあげたい。

冬本番を迎える前に一度だけジュエルに空を飛ばせてあげたが、それからすぐに大雪が積もり、遠出をする機会はなかった。

だから冬の間、ジュエルはこの部屋の中で申し訳程度に飛ぶことしか出来ておらず、心が痛んだ。

ラディアはふと、以前クライスがしてくれた約束を思い出す。

——雪が溶けて夏が来たら、また城の外へ連れて行ってくれるって言ってた。

クライスは忙しい人だから、何ヶ月も前に交わしたラディアとの約束を忘れてしまっているかもしれないが、夏が来たら自分からお願いしてみよう。

「ジュエル」

ラディアは部屋の天井近くを飛んでいるジュエルを呼び寄せ、左腕にとまらせる。

「夏が来たら、クライス様にお願いして、また外へ行こう。青空を飛ばせてあげるね」

『楽しみだ』

ジュエルの小さな頭を指の腹で撫で、窓辺に歩み寄る。

まだまだ雪解けは遠そうだ。

その時、部屋の外からアイルの声が聞こえてきた。

「ラディア様、クライス様がいらっしゃいました」

慌ててジュエルをソファの後ろに隠す。

ややあってから扉が開き、ワゴンを押したアイルとクライスが入って来た。

〈クライス様、会議はどうなさったんですか？〉

「もう終わった。皆が協力的で、氷の作製や運搬について様々な意見を出してくれたから、予定よりも早く話がまとまった」

〈それはよかったです。では、氷の輸出を進めていくことになったんですね？〉

クライスは、ラディアが会議室を出て行った後の様子を教えてくれた。

「ああ。懸念していた運搬についても、氷が溶けきらないようになるべく大きな氷塊を作り、それを小さめの氷を敷き詰めた木箱に入れ、氷を運ぶ荷馬車にも太陽の光を遮るために屋根をつけることになった。だが、大陸の南までは二週間かかる。迅速に運搬するために、国境まで氷を素早く運べる運搬経路を新たに設けることになった」

そうして、他国に入ってからは、荷馬車が走る道に先鋒隊《せんぽうたい》が篝火《かがりび》を焚《た》いて明かりを灯し、夜も馬車が走れるようにするらしい。馬の疲労も考慮して、道中で何度か荷馬車を引く馬を交換し、昼夜走り続けることで時間短縮を図ることにしたそうだ。

夜も荷馬車を走らせられるなら、理論上は通常の半分の一週間で大陸の南に到着出来ることになる。だが、どれほど対策を講じても、氷塊が到着時にどれほどの大きさになってしまうかはわからない。とても小さな氷になってしまうかもしれないし、最悪の場合は、全て溶けてなくなってしまう可能性もある。

だが、トールバルド国は氷の輸出に国の未来を託すことを選んだ。

会議に出席していた重臣たちは、満場一致で氷の輸出に賭《か》けると言ってくれた。

「皆、女神が言うのなら、と賛同してくれたんだ。君は、この国に希望を与えてくれた」

〈きっと、上手くいきます。私がいるんですから〉

力強く断言したが、上手くいく根拠など何もない。

氷が途中で水に戻ってしまうかもしれないし、そもそも他国が氷を欲しがるかも不明だ。

それでも、ここで不安ばかり並べても士気が下がる。

ラディアは自分に言い聞かせるように〈絶対に、上手くいきます〉と繰り返す。

雪解けまであと二ヶ月。

夏の終わりにはこの国の運命が決まることになる。

たとえどんな結末が訪れようと、最後まで女神としての役割を全うしようと、ラディアは心に誓った。

「風が強くなったと思ったら、雪が降ってきた。あまり降らないといいけど」

ラディアは窓を少し開け、チラチラと雪を舞い散らせる空を見上げて呟く。

その直後、冷たい風が吹き込んできて、ラディアは急いで窓を閉めてストールを身体に巻きつける。

「トールバルド国の夏は、本当に短いんだな」

温暖な気候の島で育ったラディアからすると、夏と冬でここまで気温や景色がガラリと変わること自体が物珍しい。

三ヶ月ほど前、大地を覆っていた雪は太陽の温かな陽射しを浴びて少しずつ溶けていき、世界に色彩が戻ってきたかのように、草木は緑色の葉を茂らせ、足元には花の絨毯が現れた。

冬の間は白一色の景色だったため、本来の姿を取り戻した大地の美しさにラディアは心を奪われた。

南の出身であるラディアは夏と聞くととても蒸し暑いイメージがあったが、標高の高さが関係しているようで、晴天の日でも汗が流れるほどの気温になることは稀で、トールバルド国もクスタ島も同じ太陽の下にあるのにと、不思議に感じた。

そして、厳しい冬を乗り越え夏を迎えたトールバルド国は、雪の季節の静けさが嘘のように、国中が活気で満ち溢れたのだ。

雪がなくなったことで馬車や荷車が走りやすくなり、各地域への人々の往来も頻繁になって、街を歩く人の数もずいぶん多くなった。

夏の間、何度かクライスに街に連れて行ってもらったが、クスタ島よりもたくさんの人で賑《にぎ》わい、話し声や笑い声が絶えず聞こえてきた。人々の顔も皆明るく、夏の訪れを喜んでいるようだった。

食べる物も備蓄しておいた食料ではなく、新鮮な肉や魚、果物を口に出来、ラディアもトールバルド国で過ごす初めての夏を思う存分楽しんだ。

ただ一つ、クライスには政務があるため、あまり遠出が出来なかったのが残念だ。

それでも、ラディアは街に出られただけで十分満足したが、あまり遠くへ連れ出せてやれないことをクライスは心苦しく思ったようで、来年の夏は数日まとめて休みを取り、城から離れた村や街に滞在してゆっくり過ごそうと言ってくれた。

ラディアは以前のようにクライスと過ごせるようになったことが嬉しくて、来年の約束をしてもらえたことにも心が弾んだ。

ずっとこんな毎日が続けばいいのにと思ってしまうが、この国の夏は三ヶ月しかない。

特に今年は、初の試みである氷の輸出を行ったので、クライスはとても忙しそうにしていた。

——あっという間だったな。

あれはまだ雪が降り積もる頃。

ラディアの発案で氷の輸出事業を行うことが決定してすぐに、クライスは動き始めた。

家臣たちに役割を割り振り、国民に呼びかけて人手を確保し、まずは大きな木箱作りから開始した。

だが、木箱に隙間があったら水がこぼれてしまう。何度も試作を繰り返し、水が漏れない頑丈な木箱をいくつも用意した。

その木箱に川の水を汲み洞窟に運び込んで氷になるのを待つ。

その頃は五月だったが、その時期でもトールバルド国の寒さは厳しく、木箱に溜めた水は一週間ほどで氷になってくれた。

きちんと固まっていることが確認出来たら木箱から取り出し、また次の氷を作るために川の水を溜める。その作業の繰り返しだった。

そして、木箱から取り出し完成した氷は夏が来るまで洞窟の奥に積み上げて保管し、雪解けを迎えた頃に、クライスは各国に手紙をしたためた。

内容は、食材の保存に効果が見られる氷を輸入しないかというもので、初めはどこからも色よい返事がなく、家臣たちは激しく落胆した。

しかし、クライスは諦めなかった。

これまでなんの交流も持っていなかった国々に、氷という見たことがないものを買わないかともちかけても、信用してもらえるはずがない。

そこでクライスは、ラディアの元を訪れ「女神が過去に嫁いだ国宛てに手紙を出してくれないか？」と頼んできた。

北の小さな国の王より、女神であるラディアからの手紙の方が信頼してもらえる。

クライスは打てる手は全て試したいのだと言い、彼の並々ならぬ覚悟を感じて、ラディアは女神一族の族長を務めている父と、すでに国王の正妃になっている二人の姉に、この国の窮状と氷の輸出事業について知らせる手紙を送り協力を仰いだ。

トールバルド国の状況をあらかじめ知っていた父は快く承諾してくれ、過去に女神が嫁いだ国々に、ラディアに代わって手紙を書き、父から事情を知らされていた二人の姉も協力してくれたのだ。

その効果は絶大で、しばらくしていくつもの国から試しに氷を使ってみたいという返事が届くようになった。

即座に継続的な取引にまでは至らなかったが、第一関門突破だとクライスは笑顔を見せ、さっそく各国に氷を運搬した。

遠隔地への氷の運搬には数々の懸念点があったが、一番遠い南方の国へ届けた者から、氷塊は最初の半分の大きさになってしまったものの、きちんと届けることが出来たとの報告を受けた。

ただ氷を送るだけでなく、太陽の光が当たらない暗く涼しいところに置くと長持ちすることや、肉や魚の保存方法なども惜しげもなく紙に書きつけ、氷と共に相手国に渡したりもした。

やがて、実際に氷を使った国から食材の保存に有効だという話が諸国にも広まっていき、夏の間、定期的に氷を輸入したいと申し出る国も出てきたのだ。

これが氷の輸出を始めて一ヶ月後のことで、氷はトールバルド国の特産品として大陸の国々に広く周知されることとなった。

時を経ずして洞窟に保存しておいた氷塊は綺麗になくなり、国の命運を託した輸出事業は大成功を収めた。

家臣たちは皆喜び、クライスも久しぶりに晴れやかな顔をしていた。

もちろん、ラディアもとても嬉しかった。

そして、トールバルド国の新たな特産品となった氷の話は、隣国のバリール国にも届いたようだ。

夏の終わりを待たずして使者を送ってきて、属国にするという話は撤回する旨を伝えてきた。

どうやら、あまりにもトールバルド国の話が各所で聞かれるようになったことで、バリール国は今すぐ支配下に置くと各国から批難を浴びるのでは、と懸念していったん手を引くことにしたようだ。

侵略の脅威を退けられ、さらに氷の輸出で国庫を潤すことが出来、家臣や国民たちは女神であるラディアが神の加護をもたらしてくれたのだと感謝してきた。

しかし、自分はただ思いついたことを伝えただけで、氷の輸出の成功は実際に采配《さいはい》したクライスの功績に他ならない。

それに、連日長い時間、クライスと重臣たちは話し合いを重ねて細部を詰め、国民も氷の作製や運搬、輸送経路の確保のために尽力してくれた。

だからこれは、トールバルド国の王と国民が一丸となって成し遂げたものなのだ。

そうして夏は慌ただしく過ぎ去り、徐々に気温が下がり雪がちらつくようになった頃。

クライスは五年ぶりに雪祭りを開催することを宣言した。

かつては夏の間の国民たちの働きを労い、厳しい冬を凌《しの》ぐ英気を養うために毎年この時期に行われていたらしい。

ところが冬の期間が長くなり積雪量も多くなったことで、自給する食料が不足するようになり、国庫を投じて他国から買いつけて国民に分配しなければならなくなったため、祭りへ回す予算がなくなってしまったそうだ。

その後も財政は苦しく、今日までずっと開催出来ずにきていたが、氷の輸出で多くの外貨を稼ぐことに成功したため、協力してくれた国民に感謝を込めて開催を決定したという。

さらに、今年の雪祭りでは、取引に応じてくれた国々の王族を城に招き、パーティーを開くことになっている。

これは、南にあるクスタ島で育ったラディアが、初めて見た雪や氷に感動していた様子から思いついたらしく、この国の美しさを他国の人にも見てもらいたいと、パーティーに招くことにしたそうだ。

国民総出で祭りの準備を始め、特に王族の馬車が通る道や城の周辺を念入りに整備し、そこかしこに氷で作った飾りを置いて彩りを加えている。

ラディアも初めての祭りが楽しみで、飾りつけを見にクライスに城外へ連れて行ってもらった。

街の人々は雪が積もり始めたというのに笑顔で楽しそうに祭りの準備をしており、クライスとラディアが訪れると作業の手を止め、感謝の言葉を投げかけてくれた。

ある住民はラディアが街の飾りつけに興味を示すと真ん中をくり抜いた氷を見せてくれ、「中にキャンドルを入れて灯すと綺麗なんです」と教えてくれた。

街は以前訪れた時とは雰囲気がまるで違い、男性たちはわざわざ山の上から雪を運び大きな雪像を作ったり、女性たちは家の外に氷の飾りを置いたり、子供たちは手伝いの合間に雪遊びをしていたり、皆祭りを心待ちにしている様子だ。

そんな街の人々を見て、クライスも満足そうな笑みを見せ、「ようやく国王らしいことを民にしてあげられた」と呟いていた。

幼い頃に母を亡くし、父である前国王も三年前に病で急逝した。

当時まだ二十二歳だったクライスが王位を継いだのだが、すでにトールバルド国は財政難に陥っており、困窮する国民を目にするたびに己の不甲斐《ふがい》なさを嘆いていたそうだ。

なんとか国を盛り立てようと色々と策を講じてきたが、どれも上手くはいかず、最後の希望として女神を迎えることにした。

女神であるラディアと結婚し、一時はバリール国から侵略される可能性に脅かされたが、こうして再び民の心からの笑顔を見ることが出来たことを、クライスはとても喜んでいる様子だった。

クライスは「君には感謝してもしきれない」と言ってくれ、ラディアもこの国の力になれたことがとても嬉しかった。

全ていい方向に動き出している。

来年の夏に向けて、今年の三倍の量の氷を作る手はずも整え、南にある国では獲れない魚や野菜なども輸出してはどうかという話も出ている。

このまま氷の輸出を続けていけば、トールバルド国の財政は安泰だろう。

長い冬が来ようとも、この寒さが富をもたらすと思えば耐えられる。

――もう、この国は大丈夫。

脅威は去り、これからは豊かな国になる。

その象徴とも言える祭りを楽しみにしつつ国中で準備を進め、ついに今日の開催日を迎えたのだ。

ラディアは朝から窓の外を見つめ、招待客の訪れを待っていた。

各国にパーティーの招待状を送り、多くの国の王族が参加してくれることになっている。

城で働く使用人たちも、今夜のパーティーの参加者を精一杯もてなすために、数日前から忙しく動き回っていた。

こんなに城の中が活気づいたのはラディアが知る限り初めてで、ワクワクして昨夜はあまり寝られなかったほどだ。

——皆が楽しんでくれるといいな。

南の方面にある国の人は、きっとまず雪に驚くだろう。そして、道中を彩る氷の飾りに心を躍らせるはずだ。それほど、雪や氷は南に住む人にとっては珍しく、興味深いものなのだ。

刻々と時は過ぎ、太陽が傾き始めた頃。馬車が次々に到着し始めた。

こんな遠い北の国まではるばる足を運んでくれたことに感謝しながら、一人でも多くの人がこの国を好きになってくれるといいなと思いつつ、窓から外を眺め続ける。

「ラディア様、失礼いたします。お客様です」

廊下からアイルの声がし、扉が開かれる。

客人はハーベルで、彼は両腕で白いドレスを抱えていた。

「ラディア様、お久しぶりです」

彼が一人でラディアの部屋を訪れるのは数ヶ月ぶりだ。

時折、使用人と共に本や菓子などを持って来てくれることはあったが、人前で親しく言葉を交わすことはなく、用件が終わるとすぐに退室していた。

久しぶりにハーベルと話せる機会を得て、ラディアは笑顔で彼に駆け寄る。

「ハーベルさん！　今日はどうしたんですか？」

「クライス様より、このドレスをお預かりして参りました。どうぞ、お近くでご覧ください」

「クライス様から？」

ハーベルはドレスをアイルに渡し、決して自分からラディアに近づこうとしなかった。

人目がなくとも王の命令を守る姿勢に、ハーベルの強い忠誠心が窺える。

「まあ、とても綺麗ですね」

アイルがドレスを掲げて全体を見せてくれる。

色が似ているから結婚式の時に着た純白のドレスかと思ったが、よく見れば別物だった。

「今夜のパーティーのために、急いで作らせました。サイズが合っているか、試着して確かめてください」

「僕もパーティーに参加するんですか？」

「もちろんです。国王の正妃ですから」

クライスからは今の今まで何も言われていないが、各国の王族を招いてのパーティーなのだから、正妃も出席して客人をもてなすのが礼儀だろう。

しかし以前、バリール国のマーカスが訪ねて来た時に開かれたパーティーには呼ばれなかった。

だから、今回のパーティーに、本当に自分が出席していいのかと不安になる。

「あの、マーカス王子がいらっしゃった時のパーティーには呼ばれなかったんですが、今回は出席してもいいんでしょうか？」

「あの時は、マーカス王子が女神のことを執拗《しつよう》に気にかけていたんです。クライス様と相談し、王子にラディア様を会わせるのは危険だと判断して、パーティーにはお呼びしませんでした」

ラディアの脳裏に、いつぞや散歩中のマーカスから声をかけられた時のことが思い浮かんだ。

偶然だと思っていたが、まさか散歩を装い女神であるラディアを探していたのだろうか。

――でも、なんのために？

「マーカス王子に何か勘づかれたんでしょうか？」

顔色を変えたラディアを落ち着かせるように、ハーベルは微笑む。

「真意はわかりかねますが、ただ女神を一目見たかったというだけの理由かもしれません。それほど女神は神聖で特別な存在なんです。あまり考えすぎず、パーティーを楽しんでください」

ハーベルの言う通り、今はパーティーのことだけを考えよう。

そう思ったが、すぐにまた別の不安がこみ上げてきた。

「僕、パーティーに出たことがないんですけど、大丈夫でしょうか？」

クスタ島にいた頃、年に何度か開かれる祭りに出たことはあったが、城でのパーティーに出席した経験はない。大事な場で何か粗相をしないか心配になった。

「ラディア様はクライス様の隣で微笑んでいるだけでいいんです。女神がその場にいるだけで客人もお喜びになります」

「そのくらいなら、なんとか務められそうです」

ハーベルの説明にラディアはホッとする。

アイルに手伝ってもらいながら衣装部屋で試着してみると、レースがふんだんに使われたふんわりとしたドレスは、女神のイメージにぴったりな清楚《せいそ》なデザインだった。それに身体のラインも出ないため、体型も誤魔化せる。

だが、細かいレースの裾を踏んだら破けてしまいそうで、それだけは注意しないといけない。

パーティーが始まる前にクライスが呼びに来てくれると言い置き、ハーベルは去って行った。

「このまま髪も結ってしまいましょう」

アイルはラディアを鏡台の前に座らせ、まとめていた髪を解き櫛《くし》で梳かし始める。

改めて鏡の中の自分を見ると、毛先が肩より長くなっていた。

──一年でこんなに伸びたのか。

ほとんど部屋の中で過ごしているからか、日に焼けていた肌もいくぶん白くなっている気がする。

髪もアイルの日々の手入れで艶が出て、服装のおかげもあり、自分でも驚くほど女性らしく見えると感じた。

「パーティーですから、今日はいつも以上に気合を入れて結いますね。どの国の王妃にも負けないくらい、美しくしましょう」

アイルは張り切って髪を整えていく。

ラディアはその手元を眺めながら、故郷の妹はこの一年でどれほど成長しただろうと想いを馳せた。

──サリーもきっと、美しい女神になる。

四年後、妹は本物の女神としてトールバルド国へ嫁ぎ、夫となるクライスの隣に立つ。

きっとクライスなら、新しい妻のことも大切にしてくれる。

兄として、妹の夫となる人がクライスなら何も不安はないと思ったが、彼の隣で自分以外の人が微笑む光景を想像してしまい、それが妹とはいえ胸が切なく締めつけられる。

夏の間、彼は毎日部屋を訪れてくれたが、やはり氷の輸出の件で慌ただしいようで、あまり話をする時間は長く取れなかった。

会う時間が減った分、彼への気持ちも薄れるかと思ったが実際は真逆で、クライスのことを考える時間が長くなってしまい、さらに気持ちが膨れ上がっていった。

こんなことでは四年後、トールバルド国を離れクスタ島へ帰ったらどうなってしまうのか……。

――クライス様の他に、こんなに好きになれる人は現れるのかな。

クスタ島へ戻ったら、次期族長として新たな女神を誕生させるため結婚することになる。

その相手のことを、心から愛せるだろうか。

それほどクライスへの想いは強く、時々、ずっとここにいたいと思ってしまうほどだ。

だが、それは一生彼と国民を騙していくということ。そんなひどいことが許されるはずがない。

「さあ、出来ましたよ。まだパーティーまで時間がありますから、お茶にしましょう」

アイルの声でハッと我に返る。

鏡の中の自分は、真っ白なドレスに身を包み、オレンジ色の髪をアップにまとめ、パールを使った髪飾りで顔周りが華やかになっていた。

ラディアは鏡に手をつき、そっと微笑んでみる。

外見は女神だが、本当は嘘つきの男。

祭りが楽しみでそのことを失念していたが、鏡を見たことで一気に現実に引き戻され、暗い考えが頭を過る。

――どうして、僕は女神として生まれなかったんだろう。

神話の女神の直系子孫で、鳥の言葉が聞ける力も受け継いでいる。

だが、男に生まれたというだけで、女神にはなれない。

クスタ島にいた時は、島民の暮らしを守るために父の跡を継いで女神一族の族長になるのだと、微塵も疑うことなく日々を送っていた。

けれど、トールバルド国へ嫁ぎクライスと出会ったことで、本物の女神になりたい、彼の妻になりたい、と願うようになってしまった。

そんなことを考えても、どうしようもないことなのに……。

――望みが叶わないなら、中途半端な力なんていらなかった。

ふとそんなことを考えてしまったが、すぐに思い直す。

鳥の声を聞く能力がなかったら、ジュエルとも一緒にいられなかった。

彼はかけがえのない友人で、家族だ。ジュエルと出会わない人生なんて、考えられない。

ラディアは思考を断ち切るために、近くにあったストールを鏡台に被せる。

――今日はせっかくのパーティーなんだから、暗い顔をするわけにいかない。

ラディアは自身に与えられた女神という役割をこなすことだけに意識を集中し、衣装部屋を後にした。

「ラディア、準備は出来たか？」

刻々とパーティーの時間が迫り、ラディアが最後の仕上げにアイルに薄く化粧をしてもらっていると、クライスが迎えにやって来た。

ベールを被ったジュエルを肩に乗せ、ドレスアップした姿で彼の前に立つと、クライスは一瞬息を飲み、そして蕩《とろ》けるような優しい微笑を浮かべた。

「よく似合ってる。さすが我が国自慢の女神だ」

目を細めて賛辞を贈られたが、別のことに心を奪われてしまったラディアの耳には、彼の言葉は届かなかった。

――クライス様、正装してる。

彼は国王のみが着用を許されている、深紅の衣装に身を包んでいた。

元々人よりも秀でた容貌と体躯《たいく》をしていると感じていたが、正装姿はより彼の魅力を引き立たせている。ラディアはクライスの正装姿を一目見た時からソワソワと落ち着かない気持ちになり、きちんと向き合えない。

あからさまに視線を逸らすラディアに気づき、クライスが申し訳なさそうに言ってきた。

「急にパーティーへの出席を頼んですまなかった。最初だけでも顔を出してもらえないか？」

〈この国のために私に出来ることがあるなら、協力は惜しみません〉

視線を合わせないようにしながら手話で答えると、彼は不思議そうに聞いてきた。

「なら、どうして私から目を逸らすんだ？」

——目を合わせると、落ち着かなくなるからです。

心の中でだけ呟き、ラディアは首を左右に振る。

〈パーティーに出席するのが初めてで、緊張しているだけです〉

その返答にクライスは安堵の表情を浮かべながら右手を差し出してきたが、はたと気づいたようで苦笑いを浮かべる。

「エスコートするべきだが、君には触れられない。後ろをついてきてくれるか？」

ラディアは頷き、クライスの斜め後ろについて廊下に出た。

パーティー会場となるのは、結婚式を行った広間だそうだ。

城の中は大勢の客人を迎え、息を吹き返したかのように明るく賑やかな空気を醸し出している。

ガランとしていた廊下にも客人の目を楽しませるためにドライフラワーが飾られ、広間に近づくにつれ、その数が増えていく。

そうして会場の扉の前に立った時、ラディアの緊張はこれ以上ないほどに高まっていた。

パーティーが初めてだから、というのもあるが、大勢の人の前に出たら誰かが自分の正体に気づいてしまうのではないか、という不安が大きかった。

もし各国の王族が一堂に会した場でばれてしまったら、クライスやトールバルド国の家臣たちだけでなく、大陸中の国々に女神一族が男を女神と偽ったと知られることになり、最悪の事態を招いてしまう。

それとは別に、正妃である自分の立ち居振る舞いが、トールバルド国の評価に繋がることも気がかりだ。

「ラディア、緊張しているのか？　表情が硬い」

〈はい。何か失敗してしまったらと思うと、心配で……〉

正直な心境を吐露すると、クライスは口元に手を当て、視線を彷徨わせながら口を開いた。

「どうしても気が進まないというのなら、パーティーに出なくともかまわない。……本音を言うと、君にはパーティーに出てほしくなかったんだ」

自分では役不足だと言われたようで、彼の放った言葉が心にグサリと突き刺さったが、自身のこの国での生活を顧みればそう思われても仕方ない。

前回のパーティーに呼ばれなかったいきさつはハーベルから聞いたが、あれもラディアに気を使った言い回しだったのだろう。本当の理由は、自室に引き籠り、使用人の前にさえ滅多に姿を現さないラディアのことを、正妃としてはいささか内向的すぎると判断してのことだったのかもしれない。

自国の人の前にも顔を出したがらないのだから、他国の王族が集まるパーティーに出席して緊張のあまり余計なことをしでかさないかと、クライスに心配されても当然だ。

頭ではクライスの考えを理解しているが、感情的な面で、彼に妻として失格だと言われたようで深く傷ついてしまった。

ラディアが表情を翳らせると、クライスはその表情から考えを読み取ったのか、慌てて訂正してきた。

「違う、君が考えているような悪い意味ではない」

〈なら、どういう意味ですか？〉

クライスは言葉に詰まり、しばし思案してから告げてきた。

「私の美しい妻を、誰にも見られたくない」

クライスは正直に告白した後で、苦笑する。

「すまない。君を自由にすると約束したのに。今の言葉は気にしなくていい」

――クライス様……。

自分も同じ気持ちだと打ち明けてしまいたい。ラディアも、どこもかしこも完璧なクライスを、誰にも見せたくないと感じている。

でも、それは決して告げてはいけない言葉だ。

「余計なことは気にせず、パーティーを楽しもう」

クライスは最後にそう言い、護衛に扉を開けさせる。

広間を照らす明かりが薄暗い廊下に漏れ、集まった人々の談笑する声が聞こえてくる中、ラディアは自身に暗示をかけるように心の中で呟く。

――僕は女神だ。

うっすらと笑みを浮かべ、ラディアはクライスに寄り添い会場へと足を踏み入れた。

人々の視線が集中するのを感じ怖気《おじけ》づきそうになったが、これもこの国を守るために必要なことなのだと気持ちを奮い立たせ、クライスと共に歩みを進めていく。

クライスは堂々とした足取りで部屋の奥までたどり着くと、室内に響き渡る声量で、まずパーティーに出席してくれた各国の王族に感謝の言葉を送った。

「パーティーにご参加くださり、ありがとうございます。どうぞ、今夜は時間を忘れてお楽しみください」

あちらこちらから拍手が湧き起こり、クライスのこの言葉でパーティーが始まった。

挨拶が終わるとすぐにクライスは客人に声をかけられ、彼の周りには人だかりが出来ていく。

自分はどうすればいいのかと戸惑ったが、クライスが自然な流れで「私の妻です」と紹介してくれ、トールバルド国に女神が嫁いだことを知っている人々は、ラディアに敬意を表し好意的に接してくれた。

話しかけてくるたくさんの人々に微笑みかけながら、ラディアはパーティーが始まる前に抱いていた不安が払拭されていくのを感じる。

――こんなにたくさんの人が、集まってくれた。

客人は国王であるクライスにも友好的で、雪や氷で飾りつけた街並みを綺麗だと絶賛している。ラディアはそのことが自分のことを褒められるよりも嬉しくて、作り笑いではなく心からの笑みを浮かべた。

和やかな空気の中パーティーは進み、ひとしきりクライスが客人に挨拶をすませたところで、ふと視線を感じ、ラディアは振り返る。

多くの人が談笑する会場の隅に、ひっそりと一人の男性が立っていた。

濃い茶色の髪に、黒色の上着を着た若い男性。その人には見覚えがあった。

――マーカス王子……！

トールバルド国の領地を狙い、支配下に入るよう持ちかけてきたバリール国の王子の姿を見つけ、無意識に警戒して身体が固くなってしまう。

バリール国に氷は輸出していない。なのに、どうしてパーティーに出席しているのか。

まさかよからぬことを考えて忍び込んだのでは、と疑い、慌ててクライスに報告する。

〈マーカス王子がいらしてます〉

「ああ、バリール国も招待したんだ。長年病《やまい》に臥《ふ》せっている国王の代理として、公《おおやけ》の場にはマーカス王子が出席しているそうだ。今日のパーティーの招待状に対する返事にも、そのことが書かれていた」

〈どうして彼を招待したんですか？〉

「数ヶ月前は危うい関係だったが、今は和解している。隣国同士、互いに助け合っていきたいんだ」

クライスはもう全て過去のこととして水に流し、さらにこれからはバリール国とも親交を深めていこうと考えていたらしい。

彼の懐の深さに感服すると同時に、ラディアは疑り深い自分が恥ずかしくなった。

チラリとマーカスに視線を送ると、彼は感情の窺えない瞳でこちらを観察するように見つめている。

以前、会った時とはずいぶん雰囲気が違い、まるで別人のように暗い顔をしていた。

彼はラディアと目が合うと手に持っていたグラスを置き、真っ直ぐこちらへ歩いてくる。

どこか尋常ではない気配を感じ、近寄られるのが怖いと思ってしまった。

――クライス様に、言った方がいい？

ラディアが迷っている間に、招待客の王妃や王女たちに周囲を取り囲まれ、彼の姿が見えなくなってしまう。

――マーカス王子は、どこに？

周りの女性たちの間から会場を見回して捜してみるが、それらしい人物はいない。

自分に近づいて来ていると思ったが、気のせいだったのだろうか。なんだかドッと疲れが押し寄せてきた。

「ラディア、そろそろ休むか？」

〈はい。そうします〉

クライスが機転を利かせてくれたので、ラディアは近くにいた人々に挨拶し、一足先に会場を後にさせてもらった。

――ふう、疲れた。……あれ、アイルは？

廊下でアイルが待機してくれているはずだったが、姿が見当たらない。何か用事が出来ていったんここから離れているのだろうか。

彼女がどこに行ったのか、扉の横に立つ護衛に手話を使って聞いてみたが、彼らは手話はわからないようで困った顔で謝られてしまう。

少しその場で待ってみたがアイルは戻って来ず、肩に乗せたジュエルも疲れたのか身じろぎを繰り返しているので、一人で部屋へ行こうと歩き出した。

——えっと、確かここを曲がって、途中にある階段を上ればよかったはず、だよね？

滅多に部屋の外に出ない生活を送ってきたから、一年住んでいても迷子になってしまいそうだ。

必死に記憶をたどりながら廊下を歩いていると、突然、柱の陰から声をかけられた。

「やあ、こんばんは」

「っ!?」

驚きのあまり声を出してしまいそうになって、両手を口に当て無理やり悲鳴を飲み込む。

心臓を大きく速く拍動させながら、ラディアがゆっくりと声がした方向に視線を向けると、そこには闇色の上着を着たマーカスが立っていた。

——どうして彼がここに!?

意外な人物の登場に、ラディアは驚愕《きょうがく》し目を見開いた。

マーカスは何がおかしいのか小さく笑い声を上げながら、こちらへ歩み寄ってくる。

「久しぶりだね。僕を覚えているかな？　話せなくとも、耳は聞こえているね？」

顔は笑顔を象《かたど》っているのにどこか冷たい印象を受けるのは、焦げ茶色の瞳の奥が笑っていないからだろう。先ほど感じたように、マーカスからは底知れぬ不気味さが漂っている。

ラディアが怯《おび》えを滲ませながら頷くと、彼は狩りを楽しむ肉食獣のように目を光らせ、品定めするかのように全身を無遠慮に眺めてきた。

その視線にゾッと怖気《おぞけ》が走り、ラディアは手早く手話で伝える。

〈慣れないパーティーで疲れてしまって……。部屋で休みますので、失礼します〉

ラディアがその場から小走りで走り出すと、いきなり背後から抱きつかれ、大きな手で口元を塞がれた。

「……っ⁉」

「騒ぐな。……実は、君の秘密を知っているんだ。クライス国王にばらされたくなければ、大人しくついてこい」

――秘密……！

マーカスがよからぬことを考えているのは、雰囲気から察せられた。早く彼の腕の中から逃げ出さないとまずいことになる。

頭の中では警鐘が鳴っているのに、マーカスが秘密を握っていると言っていたことが気にかかり、迷いが生じてしまう。

――僕の秘密は、女神じゃないこと。それをクライス様が知ってしまったら……。

クライスに軽蔑されるだろうことが容易に想像出来、ラディアは硬直したように動けなくなってしまった。

その時、肩に乗っているジュエルが鋭いくちばしでマーカスの手を思い切り突ついた。

「痛っ！」

マーカスの腕の力が弱まり、その隙に逃げようと駆け出す。

けれど、ドレスの裾を踏んで転んでしまい、またもマーカスに拘束された。

せめてジュエルだけでも逃がそうと身体を揺さぶって合図を送るが、彼は家族同然のラディアを決して見捨てようとしなかった。果敢にもマーカスに飛びつき、鈎爪《かぎづめ》で彼の顔を何度か引っ掻《か》く。

「うっ、こいつ！」

マーカスは血を流しながら憎々し気にジュエルを睨みつけたものの、こうして廊下でもみ合っていても埒《らち》が明かないと判断したらしく、近くの部屋の扉を開けラディアを強い力で室内へ引きずり込んだ。

ジュエルが閉まりかけた扉の隙間を狙って、ものすごいスピードで飛んでくる。

しかし、マーカスが思い切り扉を引いたことでジュエルは身体を挟まれ、悲痛な声を上げながら室内に転がり落ちた。

——ジュエル！

ジュエルは床に伏せブルブルと震えている。血は出ていないが、あれほど強く扉に挟まれたのだ、翼が折れてしまったかもしれない。

——僕のせいで、ジュエルがっ。

涙がとめどなくこぼれ、胸が張り裂けそうなほど軋む。

ラディアがショックで動けなくなっていると、マーカスはジュエルに歩み寄り、被っているベールを乱暴に剝《は》ぎ取った。

「はっ、やはりそうか。神の使いはフクロウのはずだが、こいつは別の鳥じゃないか」

マーカスは蔑むような目で見下ろし、傷を負わせられた腹いせか、足を後ろへ引いてジュエルを蹴り上げようとした。

ラディアが反射的に飛び出し、横たわるジュエルに覆い被さった直後、脇腹に強い痛みが走り意識が遠のきそうになった。

でも、ジュエルが蹴られるより自分が蹴られた方が、ずっとましだ。

「そこを退《ど》け」

マーカスは高圧的に命令してきたが、ラディアは傷ついたジュエルを腕に抱え込み、頭を左右に振って拒否する。

何度か同じやり取りを繰り返したが、ラディアが引かないと悟ると面倒臭そうに頭を掻きむしり、ため息をこぼす。

「仕方ない、一緒に連れて行く」

――連れて行く？　どこに？

とても嫌な予感がする。

室内は薄暗く、城内の構造に詳しくないラディアはここがなんの部屋なのかもわからない。力でマーカスに勝てるとは思えないし、ジュエルを守りながら逃げ切ることも難しいだろう。それでも、彼の思い通りになるわけにはいかない。

――今は、ジュエルを助けることが第一だ。

ラディアは覚悟を決め、助けを呼ぼうと息を大きく吸い込んだ。

「……た…けて……っ」

しかし、どうしたことか掠《かす》れた声が微《かす》かに出るだけで、これでは部屋の外にまで届かない。

諦めずに何度も叫ぼうと試みたが、出てくるのはか細い声だけだった。

——どうして声が出ないの⁉

ずっと話せないふりをしていたが、話そうと思えば問題なく声を出せた。なぜ突然、声が出なくなってしまったのだろう。

——これは、嘘をついていた罰？

そんな風に考えてしまうほど、ラディアはこの状況に絶望した。

「本当に声が出せないのか。これは好都合だ」

一連の行動を見ていたマーカスは、ニヤリと薄気味悪い笑みを浮かべ、ラディアの頬を片手で掴み顔を近づけてきた。

「安心しろ。大人しくしていれば、ひどい目に遭わせないと約束しよう」

「……っ」

全身が小刻みに震え出し、恐怖から血の気がサアッと引いていく。

——もう、僕一人じゃあ、この人から逃げられない……。

マーカスは返答を待たず、震えるラディアを引きずって奥へと移動し、窓をコンコンとノックした。

すると、外で人影が動き窓が開いて、そこから全身黒ずくめの男が三人、足音一つ立てず素早い身のこなしで室内に侵入してくる。

目を見開き戦《おのの》くと、マーカスは男の一人にラディアを連れて行くよう指示し、自身は窓からヒラリと身を投げた。それに続くように男がラディアを肩に担ぎ上げ、窓へと向かって歩き出す。

——や、やめてっ。

ここは二階に位置する部屋。窓から飛び降りたら無事ではすまない気がして、顔が引きつる。

ラディアは足をばたつかせ力の限り抵抗したが、それをものともせずに男は窓枠に足を乗せた。

「っ！」

男は躊躇うことなく外へ飛び出し、抱えられたラディアは落下していく感覚に眩暈《めまい》がした。

たった数秒のことなのにその時間はとても長く感じ、徐々に意識が遠くなり、ラディアの身体から力が抜けていく。そんな状態にあっても傷ついたジュエルだけは放すまいと、両手でしっかり抱き締め目を閉じた。

——助けて……。

最後の力を振り絞って叫ぼうとしたが唇がわずかに動くだけで声にはならず、ラディアはそのまま意識を失った。


「う……っ」

身体を前後左右に揺さぶられ、ラディアは閉じていた瞼を持ち上げる。

——ここはどこ？

瞬きを数回繰り返し身じろぎしたところで、「動くな」と低い声で命じられた。

——この声は……。

暗がりに目を凝らすと目の前に黒いブーツを履いた足があり、それを上へとたどっていくと、マーカスの姿が見えた。

どうやらここは馬車の中のようで、ラディアは向かい合わせている座席の間の床に横たえられていた。

腕の中でモゾモゾと何かが動いたので見下ろすと、心配そうにこちらを見ているジュエルと目が合う。

——よかった、ジュエルを奪われなかったんだ。

ホッと嘆息すると、ジュエルが囁いてきた。

『怪我はないか？　どこか痛むところは？』

咄嗟に言葉で「大丈夫」と返そうとしたが、まだ声が掠れていてきちんと話せない。だから頷いて返事する他なかった。

実を言うと、マーカスに蹴られた脇腹が少し痛んだが、自分よりもジュエルの方がひどい怪我をしている。そちらの方が心配だった。

怪我の程度を確認したくて、唇を動かし「ジュエルは？」と尋ねると、彼にも言いたいことが伝わったようだ。

『俺か？　……まあまあだ』

曖昧に言葉を濁されたが、思い切り扉に挟まれたのだ、骨に異常を生じているかもしれない。

身体が痛むだろうに、ジュエルはラディアに心配をかけないように気遣ってくれているようだ。

――ジュエルに、怪我をさせちゃった……。

もしこの怪我が原因で、飛べなくなってしまったらどうしよう。

大空を飛び回るのが大好きなのに、二度とそれが出来なくなってしまったら……。

恐る恐る翼を撫でてみると、骨が折れているような感触はなく、ひとまず安堵した。

「おい、さっきから何をやっている？　その鳥と話してるのか？」

ラディアとジュエルがこそこそ会話していることに気づいたマーカスが、詰問口調で聞いてくる。

どう答えるのが最良かわからず、ピタリと口を閉ざしマーカスの様子を窺う。不穏な空気を察知し、背中には嫌な汗が流れ、心臓はバクバクと早鐘を打っていた。

――僕たちは、これからどうなるの？

馬車の中だというのはわかったが、どこへ連れて行かれるのだろう。

彼らの目的がわからず、それがさらに恐怖心を掻き立ててくる。

「答えろ。お前は鳥と話せるのか？」

ラディアが恐る恐る頷くと、マーカスは嘲笑を浮かべた。

「ふっ、偽物のくせに、女神の能力だけは持っているのか。これで女だったら、完璧な女神だったのにな」

――やっぱり、この人は僕が男だって知ってるんだ。

いったいなぜわかったのだろう。体型で知られてしまった？

しかし、マーカスとはこれまで近くで顔を合わせたことはない。まさか、どこかでジュエルの姿を見られたのだろうか。だとしても、ラディアが性別を偽っていることまで気づかれるだろうか。

考えれば考えるほど疑問が深まっていく。

すると、マーカスが足を組み換え、滔々《とうとう》と語り出した。

「僕も女神を娶ろうと、クスタ島へ使者を送ったことがあるんだ。クライス国王の少し前にな。帰ってきた使者が言うには、適齢期にある娘二人はすでに嫁ぎ先が決まっていて、もう一人の娘はまだ幼く、女神として嫁がせられないと断られたそうだ。それなのに、トールバルド国が女神の花嫁を迎えたと聞き、おかしいと思って調べさせた」

――マーカス王子も女神を娶ろうとしていただなんて……。

マーカスは、驚きに目を見開くラディアを侮蔑するような目で見下ろしてきた。

「族長の娘は三人だが、他に息子が二人いた。しかも、上の息子は君と同じ太陽の髪と金色を帯びた緑の瞳を持ち、年齢も同じだった」

何がおかしいのかマーカスは突然、腹を抱えて笑い出す。

「傑作だろう？　起死回生を図ったトールバルド国は、男の花嫁を迎え入れたんだ。何も知らずに大金をはたいて、偽物の女神を娶った。この真実を知った時、笑いが止まらなかった」

笑いをスッと消したマーカスの瞳の奥に、怪しい光が差し込む。

馬車の内壁に灯っている蠟燭の明かりが反射したのだろうか。瞳の中でユラユラと揺らめく炎は、まるで彼の心情を表しているかのようだった。

「それなのに、夏を迎えたら雪深い辺境の国の名が、大陸中で聞かれるようになったんだ。特に、はるか遠い南に位置する国々で。氷を使って儲《もう》けていると、そういう噂を耳にした。取引に応じた国は多く、そのせいでトールバルド国に手を出せなくなってしまった。しかも、噂によると氷の輸出を国王に進言したのは、女神だそうじゃないか。まったく余計なことを……。偽物が上手く女神の真似事《まね》をしたな」

胡乱《うろん》な瞳で睨みつけられ、身の危険を感じたラディアは、少しでもマーカスから離れようと狭い車内で身じろぐ。

それを見たマーカスは、嫌がらせのように身を屈め顔を近づけてきた。

「神の加護を女神がもたらしたことで、クライス国王はますます君にご執心のようだな。君のために、彼はどこまで出来ると思う？」

クライスにまで危険が及びそうな気配に、ラディアはジュエルを抱いたままなんとか手を動かす。

〈クライス様に、何を？〉

「さて、どうしようか？　二つ案があるんだ。せっかくだから、君に選んでもらおうか」

マーカスは明るい声音でそう言うと、その案とやらを嬉々として話し出す。

「一つ目は、トールバルド国で功績を上げた女神を奪い、クライス国王にダメージを与える。ただ連れ去るのではなく、君が彼に言うんだ。彼ではなく、僕を愛していると。あの男はたいそうショックを受けるだろうな。もし、怒り狂ったクライス国王が我が国に攻め入って来れば、トールバルド国を侵略する大義名分が立つ」

ははは、と笑い、二つ目の案に移る。

「もう一つは、君を囮《おとり》にしてクライス国王を呼び出し、命を奪う。そしてバリール国がこの国を支配する。氷の輸出事業も僕が引き継いでやろう。トールバルド国よりも雪が多く降らない我が国で作る氷の量では、輸出にまで至らないからな。……さあ、どちらがいい？」

そんなの、どちらも嫌に決まっている。

こんなに非人道的なことを思いつくなんて、マーカスは悪魔のような心を持った男だ。

だが、彼は一つ勘違いしている。

クライスは私情で国を動かさない。ラディアのためにバリール国に攻め込むことはない。

どちらかを選ばないといけないのなら、クライスとトールバルド国を守るため、自分はいくらでも悪者になる。

〈……一つ目の方〉

ラディアが手話で伝えると、マーカスはニタリと下卑た笑みを浮かべた。

「なるほど、なら二つ目の方にしよう。僕は偽物の女神を妻にしたくないからな」

――そんな、ひどい……っ。

これはラディアをより絶望へと落とすための質問だったのだ。どこまで残酷な人なのだろう。

こんな男にあっさり捕まり、いいように使われるだなんて悔しい。

「これは君にとっても悪い話じゃないんだ。クライス国王亡き後は、君を女神一族に返してやる。そして、族長になった暁には恩返しとして君の妹を娶らせてもらう。君も男の嫁のままでいるのは嫌だろう？　僕が君を助けてやる」

そんなこと、望んでいない。

この人は、人の心がわからないのだろうか。大きなズレを感じる。

ラディアが緩く頭を振り、恨みがましい眼差しを向けると、マーカスは苛立ったように目を眇《すが》めた。

「……そんな目で僕を見るな。僕は間違ったことをしていない！」

突然彼は叫び出し、ラディアの顔目がけて自身のコートを投げつけてきた。

視界を遮られ、激昂《げっこう》した様子のマーカスが何をするのかわからず、身体が竦《すく》む。

しかし彼はそれ以上何も手出ししてこず、一言も話しかけてこなかった。

やがてマーカスが御者に合図を送り、馬車を停めさせる気配がした。

マーカスはラディアの顔にかかったコートを剝ぎ取り、それを羽織って扉を開ける。

「着いたぞ。ここは、城へ向かう途中で見つけたんだ。あの男を討つための好条件が揃った場所だ」

「っ！」

——マーカス王子は、本気だ。

パーティーに向かう道すがら決行場所を見つけていたなんて、元々こうする予定だったのだ。パーティーが始まる前には、囮のラディアをどこで拘束するか考えながら、城内を吟味していたに違いない。マーカスは明確な殺意を抱き、あの会場にいた。だから彼と目が合った時、異様な雰囲気に恐れを抱いた。

——あの時にクライス様にマーカス王子の様子がおかしいことを、きちんと伝えておけばよかった。

そうすれば、こんな状況に陥っていなかったかもしれない。

自分の考えの足りなさが悔やまれる。

「クライス国王も、そろそろお前がさらわれたことに気づいただろう。あの男が我々を追って来やすいように、あえて足跡や車輪の跡を残してきた。愛する妻を奪い返すために、クライス国王は自ら窮地に飛び込んでくるはずだ」

マーカスが馬車を降り、ラディアを連れてくるよう男に命じる。

黒衣の男に抱え上げられた状態で移動させられ、周囲に茂っていた樹木が途切れ、頭上に夜空が広がる広い雪原の真ん中で降ろされた。

――ここ、見覚えがある。

ラディアが記憶をたどっていると、マーカスがおもむろに片手を挙げ、それに呼応して雪原を取り囲む木々の中から、黒衣の男たちがぞろぞろと姿を現した。

「ここでクライス国王を討つ。君にはここに立っていてもらう。クライス国王が君に駆け寄った時に、我々が狙いやすいように。いい場所だろう?」

意見を求めるように得意げな笑みを向けられたが、楽しそうに暗殺方法を語るこの男のことが、ラディアは怖くて仕方なかった。

――どうしたら……。

必死でこの状況を好転させるための手段を考えるが、どうしても思い浮かばない。

隙を見て逃げ出すにしても、この人数に追われたらすぐに捕まってしまう。かといって、クライスを危険な目に遭わせることは、絶対にしたくなかった。

——僕のせいだから……。

トールバルド国のためにと思って取った行動が全て裏目に出て、最悪な事態を引き起こしてしまっている。自分が余計なことをしなければ、もしかしたらトールバルド国は狙われず、クライスの身に危険が及ぶこともなかった。

ならば責任を取って、一人で対処しなくてはいけない。

——……そうだ。

クライスが自分を助けたいと思わなくなるよう、仕向ければいいのだ。

そのための切り札を、ラディアは持っている。

——僕の正体を知ったら、クライス様は僕に興味を失う。

そのことをずっと恐れてきたが、この切り札を使えばクライスは無理をして自分を助けようとはしないのではないだろうか。

男であることを知れば、彼はラディアを許さないだろう。

自分は憎まれるが、クライスは助かる。

——もう、これしか方法はない。

「雪原の中央まで歩け」

マーカスに腕を掴まれ、乱暴に突き飛ばされる。

「もし逃げようとしたり不審な動きをした場合は、容赦なく矢で射るからな」

冷酷なマーカスなら偽物の女神がどうなろうとかまわないだろう。目的のためなら、他者を傷つけることも厭《いと》わない男だ。

ラディアは震えながら頷き、ゆっくりと歩き出した。

――寒い。

馬車の中はまだましだったが、日が落ち月と星の明かりだけが頼りの夜を迎え、外の気温はぐっと下がった。さらに、ラディアが着ているのはドレス一枚きりで、凍えそうな寒さに震えが止まらない。

足元に気をつけながら、なんとか中央付近まで到着した。マーカスと黒衣の男たちは雪原を取り囲む木々の陰に身を潜めているようで、こちらからは姿は見えない。

ラディアは一粒涙をこぼし、腕の中の傷ついたジュエルの頭をそっと撫でる。

「ジュ…ル……」

『ラディア、どうして泣いてるんだ？』

「お別れ……。君は、空……」

ラディアは腹に力を入れ、途切れ途切れながらもなんとかジュエルに大切なことを伝えた。

少し声に力が戻ってきたが、まだはっきりとは話せない。これは精神的なショックからきているのだろう。

『空？　俺に空を飛べって？』

傷ついた身体で、ジュエルがどこまで飛べるかわからない。でも、こうするしかジュエルを助けられないのだ。

「ごめん……」

『ラディア、駄目だ』

十歳の時からずっと一緒に過ごしてきたジュエルとは、家族と同様の強い絆《きずな》で結ばれている。だから、この短い会話の中で、彼はラディアのしようとしていることを察してくれた。

『俺はお前と一緒にいる。お前がいなければ、俺は成鳥になれなかった。お前が寝ずに看病してくれたことを、俺は……』

「ラディアっ」

その時、耳に馴染《なじ》んだ男の声が、静寂に包まれた雪原に響き渡った。

林の中から息を切らして駆け出してきた男の姿を、月明かりが照らし出す。背後に十数人の護衛隊の人影も見えた。

「ラディア、無事か!?」

――クライス様……。

一人雪原に佇むラディアを見つけ、クライスは安堵したように嘆息し、こちらへ歩いて来ようと一歩踏み出す。

心から愛してやまない人の姿を最後に目に焼きつけながら、ラディアは大きく息を吸い込み、力の限り叫んだ。

「来ないでくださいっ!」

初めてラディアの声を聞いたクライスは、驚いたように瞳を瞬かせている。

見た目をどれほど女性に似せようと、声ばかりは誤魔化せない。

全て、知られてしまった。

でも、後悔はない。これで彼を助けられるのなら……。

ラディアは再び息を吸い込み、クライスを見つめて言葉を放った。

「マーカス王子が狙っています！　逃げてくださいっ」

言い終わると同時に、腕に抱いていたジュエルを空へと放り投げる。

飛べるか心配だったが、ジュエルはバサバサと翼を動かし、ゆっくりながらも夜空へ上っていく。

――今まで、ありがとう。

心の中で別れを告げた時、背後で弓を引く音が聞こえた。

ラディアは思い切り足を振り上げ、勢いよく雪を踏みつける。

バキッという音と共に足元の氷が割れ、ラディアの身体は冷たい湖へ飲み込まれた。

――冷たい……っ。

以前、片足がこの湖に落ちてしまった時は、肌に針を刺されているかのような痛みを感じた。だが今は、何も感じなくなるくらい一瞬で体温を奪われ、腕を動かすことすら出来なくなった。

あの時、クライスが言っていた。

氷の張った湖に落ちれば、命が助かるかどうかわからないと。

わかっていて、こうする道を選んだ。

――これでいい。

声を出すことで自分が男だと示した以上、クライスに女神ではないラディアを助ける義務はない。

だからといって手のひらを返したように立ち去れるほど、冷酷な人でもない。

だが、ラディアの救出が困難な状況となれば、クライスは心おきなく護衛隊と共にマーカスを捕らえることに集中出来る。

――クライス様を巻き込まずにすんでよかった。

身体が動かなくなり、思考も徐々に鈍くなっていく中、最後に考えたのは大切な人のこと。

正直に言うと、心残りはある。

怪我をしたジュエルが心配だし、クライスにきちんと謝罪出来なかった。女神一族の今後も気がかりだ。

それに、クライスとの約束も……。

この国にはラディアがまだ訪れていない場所がたくさんある。夏に遠出をしようとクライスと約束し、ラディアも楽しみにしていた。

クライスが愛した国は、いつの季節も美しい。国中を回って、彼が好きな景色を教えてもらいたかった。

――約束を破っちゃった。

もう自分は見られないけれど、彼の青い瞳にはこの国の美しさを映し続けてほしい。

どうか無事であってほしいと、意識を完全に失うまで祈り続ける。

瞳から流れた涙はすぐに冷たい湖と同化し、ラディアは抗《あらが》うことなく暗く静かな湖底へとゆっくり沈んでいった。

——眠い……。

ラディアは目を固く閉じ、穏やかな眠りの淵《ふち》を彷徨っていた。

なんだかとても疲れていて、身体はピクリとも動かず、ならばもうこのまま眠っていようと再び意識を手放そうとした。

その時、唇から温かなものが流れ込み、自分がとても凍えていることに気づく。

——もっと……。

心地よい温もりを求め、ラディアは微かに唇を動かす。

すると、まるでこちらの考えていることが伝わったかのように、二度三度と繰り返し唇に温もりを与えられた。

——いったい誰なんだろう。

自分を温めてくれているのは。

睡魔と戦いながらなんとか目を開けようとした時、胸の辺りを押され、また唇を温かなもので塞がれた。

「ぐっ……っ」

突然、喉の奥から冷たい塊がせり上がってきて、我慢出来ずに吐き出した。

「げほっ、げほっ、……っ」

息が苦しい。喉が痛い。

この苦痛から逃れたくて、ラディアは無意識に手を伸ばす。

震えるその手を、大きな手のひらが包み込んでくれた。

「ラディア……っ！」

――誰……？

確かに聞き覚えのある声なのに、まだ頭がはっきりしなくて思い出せない。

「ラディア、目を覚ましてくれたんだな」

頬にポタリと雨が落ちる。

――雨なんて久しぶりだ。

ぼんやりした頭でそんなことを考えていると、雨粒が流れていった跡が焼けつくように熱く感じられた。

次から次へと降ってくる熱い雨粒に、ラディアはピクリと眉を動かす。

「……すまない」

――この声は……。

静寂に包まれた白銀の世界の中で、この声の持ち主はいつも自分に優しくしてくれた。

国王なのに少しも偉ぶることなく、自分のことよりも国民のために動く人。

とても尊敬していたし、いつの間にか大好きになっていた。

――どうして……。

ラディアは信じられない気持ちで瞼を開く。

――どうして、クライス様がここに……？

彼がなぜ、ぐったりと横たわる自分の手を取り、涙を流しているのか。

ラディアは止まっていた時が動き出したかのように、急速にこれまでのことを思い出した。

「僕を、助けたんですか……？」

ラディアは心底不思議だったのでそう聞いたのだが、クライスは眉根を寄せ、厳しい声音で言ってきた。

「私は君の夫だ。妻を助けないわけがない」

「僕は、あなたの妻には、なれません」

もう彼だって気づいているはずだ。

自分が女神ではなく、さらには男だということに。女性ですらないのに、妻になれるわけがない。

ラディアがそう告げると、クライスに強く抱き締められた。

「私は国王だ。国王の私が妻と認めたのだから、君が何者であろうと、この国では私の妻なんだ」

「クライス様……」

彼の身体はずぶ濡れで凍りつくほど冷え切っており、それが、ラディアを助けるために自ら湖に飛び込んだことを物語っていた。

「でも、僕は、あなたにずっと嘘を……」

「知っていた。何もかも。それでも、私の気持ちにはなんの変わりもなかった」

予想していなかった答えに、ラディアは唇を震わせる。

——知っていた？　いつから？

「僕が男だと、知ってたんですか？」

「私はそこまで鈍い男じゃない」

身体を重ね合わせた部分から、クライスが微かに笑う振動が伝わってくる。

「なら、偽物の女神なのに、どうして妻として大切にしてくれたんですか？」

クライスは深く息を吸い込み、泣いているかのような掠れた声を吐き出した。

「君が何者でも、心から愛しているからだ」

真摯な声の響きと抱き締める腕の力強さから、その言葉に嘘がないことが伝わってくる。

こんな夢のようなことが、この身に起こっていいのだろうか。

自分はとんでもない嘘をついた。それは、およそ簡単に許されるような軽いものではない。

それなのにその罪を罰せられるどころか、自分の何もかもを全て受け入れてもらえるだなんて……。

——そんなわけない。

都合がよすぎる展開に、まだ夢の中にいるのではないかと疑ってしまう。冷たい湖の底で幸せな夢を見ているのではないか、と。

「これは、現実じゃない……」

ラディアが震える声で自身を戒めると、クライスが息を飲み、掻き抱くようにさらに腕に力を込めてきた。

「君が信じてくれるまで、何度でも言おう。私はラディアを誰よりも愛している。どうしようもないほど、愛しているんだ」

ラディアの耳にしっかりと彼の言葉は届き、信じたいという気持ちが膨れ上がっていく。

――もし、これが幻だったとしてもいい。

本当は一人で湖底に沈んでいるのだとしても、幻でもいいから彼に許しを請いたかった。

「ごめ……なさ……」

喉の奥から熱い塊がせり上がって来て、上手く言葉が紡げない。

ラディアは気持ちを落ち着かせるように深呼吸し、クライスの広く温かな胸に手をつき、そっと顔を持ち上げる。

「ごめんなさい。僕は、嘘をついていました。……ごめんなさい」

許してほしいと言う権利はない。

だから、ひたすら謝罪を繰り返した。

クライスは一瞬目を見開いた後、口角を緩く持ち上げ、柔らかな声音で囁いた。

「私も君の秘密に気づいていながら、ずっと知らないふりをしていた。互いに嘘をついていたのだから、謝る必要はない」

ラディアの視線の先で、クライスはとても優しく目を細める。

クライスはラディアの頬を両手で挟み、額を合わせ瞼をそっと閉じた。

「こんなに誰かを愛しいと思ったのは初めてなんだ。愛した者に謝られると、私の胸も苦しくなる。ラディア、どうか笑ってくれ。私は君の笑顔を見たい」

「でも、僕はとんでもない嘘を……」

「関係ない。もし君が罪の意識を拭い去れないと言うのなら、私にも一緒に背負わせてくれ。それで君が楽になるのなら私は嬉しい。愛している、ラディア。どうか、私の気持ちを信じてくれ」

間近で囁かれた言葉が、熱い吐息と混ざり合う。

——温かい……。

まだ凍てつく湖の中にいるのならば、こんな温もりを感じるだろうか。

「これは、夢じゃない……？」

「ああ、現実だ。君は助かったんだ」

まだわかっていなかったのか、とクライスが優しく笑う。

その笑みが愛おしくて、ラディアはポロリと一粒の涙を流す。

「本当に、女神じゃなくても愛してくれるんですか？」

「ああ。ずっと、君を好きだった。そしてその気持ちは、日に日に大きくなっていった。女神でないと知っても少しも揺らぐことなく、君を愛している」

その瞬間、我慢していたものが爆発したかのように様々な感情がこみ上げてきた。複雑に混ざり合ったこの気持ちを明確に言葉にして伝えることが出来ず、涙ばかりが溢れてくる。

「何も心配することはない。私と城へ戻ろう」

「……は、い……」

ラディアが頷いて同意すると、彼に抱き上げられた。

あの凍てつく湖に落ちたのに、クライスはなんともなかったかのようにラディアを横抱きにして、しっかりとした足取りで雪を踏みしめ歩いていく。

そこでラディアはハッとジュエルのことを思い出し、慌ててクライスに尋ねた。

「ジュエルを見ませんでしたか？　怪我をしているんです。連れて帰らないと」

「大丈夫だ、きちんと保護している。城へ戻ったら会わせよう」

巻き込みたくない一心で空へ放ってしまったが、無事なようでよかった。

ホッとしたところで、元凶であるマーカスのことも思い出す。

「あの、マーカス王子は？」

もしかして逃げられてしまったかと心配になったが、クライスは「そちらも大丈夫だ」と労《いた》わるように返してきた。

「護衛が捕らえた。だからもう、君とジュエルに危害を加える者はいない。安心して休めばいい」

「はい……」

睫毛《まつげ》に何かが触れ、ラディアはそれを払うように瞬きする。

それは空から舞い落ちる白い雪。

見上げるとこちらへ向かって落ちてくる雪の様子がよく見え、その景色をこの世のものとは思えないくらい、美しいと感じた。

クライスと馬車に乗り、城へ帰り着く。

車内でも彼はずっとラディアを抱き締め、凍えた身体を温めてくれた。

城へ到着すると、雪の降る中アイルが外で待っていて、血の気の失せたラディアの顔を見た途端、声を上げて泣き出してしまった。

先ぶれを出していたのか、ラディアの部屋は暖炉が焚かれており、暑いくらいに暖められている。

クライスはまずはじめに、服を着たまま湯が張られたバスタブにラディアを沈めた。溺《おぼ》れてしまわないように彼が支えてくれ、湯の温かさでラディアの身体は徐々に体温を取り戻す。

真っ青だった唇に色味が戻ると、クライスもアイルもとてもホッとした顔をした。

「クライス様、ジュエルはどこにいますか？」

ぼんやりしていた意識もはっきりしてきて、ラディアが再度大切なパートナーの所在を確認すると、クライスは待っているよう言い残し、一度部屋を出て行った。

その間、アイルが湯を肩にかけながら、何度も何度も謝罪してくる。

「お傍を離れて申し訳ありませんでした。どんな用事が入ろうと、ラディア様を優先しなくてはいけなかったのに。こんなにお辛い思いをさせてしまって……」

こちらが苦しくなるほど自分を責めている彼女に、ラディアは頭を左右に振って答えた。

「アイルは何も悪くない。僕こそ、何も言わずに勝手なことをしてごめん」

「私のことは気になさらないでください。ラディア様がご無事で、本当によかったです」

彼女はクスタ島から出たことがなかったのに、北の果ての地までラディアについて来てくれた。そんな彼女を残して逝《い》こうとしてしまったことを、深く反省する。

身体が十分に温まったところでアイルの手を借りてバスタブから上がり、乾いた服に着替える。アイルに手を引かれ暖炉の前のイスに腰かけたところで、自身の着替えもすませたクライスが戻って来た。

「クライス様、ジュエルは？」

心配から思わずイスから立ち上がろうとしたが、眩暈がしてその場に倒れそうになってしまう。そんなラディアをクライスが抱き留め、イスに座らせてくれた。

「まだ休んでいないと駄目だ」

「すみません。でも、ジュエルが心配で……」

ジュエルはひどい怪我を負っていた。あんなに空を飛ぶのが上手い子なのに、最後に見たジュエルはフラフラと蛇行《だこう》しながらやっとのことで飛んでいた。心配せずにいられない。早く会いたい。

そこではたと、大切なことをクライスに伝えていなかったことに思い至る。

「あの、僕はもう一つ嘘をついてました。ジュエルはフクロウじゃないんです。僕は鳥と話す力を持っているけど女神にはなれないから、フクロウではなくワシを与えられたんです。それが、ジュエルなんです」

クライスはジュエルの姿を見たことがなかった。先ほど保護していると言っていたが、もしかしてフクロウに似た別の鳥を保護しているのではと焦ってしまう。

――どうしよう。ジュエルはまだこの寒空の下に？

ジュエルの身が心配で自身の肩を抱きながら身体を震わせると、クライスの後ろにハーベルが立っていることに気づいた。

クライスは彼から何かを受け取る。

「言っただろう？　全て知っていたと」

クライスは厳重に毛皮で包まれたそれを渡してくる。

震える手で受け取ると、毛皮の隙間からヒョコッとジュエルが顔を出した。

「ジュエル……っ！」

『ラディア、ただいま』

「ジュエル、ごめん。本当にごめん……っ」

彼を抱く腕にわずかに力を込めると、ジュエルの身体がビクッと反応する。やはりひどい怪我を負ってしまっているようで、申し訳なくて涙が滲んでくる。

「僕のせいで……」

『もう謝るな。城の偉い医者が、俺を診てくれたんだ。だからこんな怪我、すぐ治る』

ラディアの気持ちを楽にしようと、ジュエルはなんでもないことのように明るく振る舞ってくれる。

そんな彼の優しさが心に沁《し》みた。

クライスはジュエルのために、アイルにベッドを用意させていた。カゴにブランケットをたくさん敷いて作った、フカフカのベッドだ。これならいくらか痛みもましだろう。

そのベッドの中にジュエルを横たえると、まだ医師の元で経過を観察する必要があるとのことで、ハーベルが連れて行ってしまった。

再び離れ離れになるのはとても辛かったが、早く完治してもらうためにも、我慢しないといけない。

「君もベッドに行くか？」

「はい、そうします」

ラディアが頷くと、クライスが身を屈めて抱き上げようとした。

そんなことをさせられない、とラディアは固辞したが、クライスは頑として引いてくれない。仕方なくおずおずとクライスの首に腕を回し、大人しくベッドまで運んでもらう。

その時、ふと思い出して質問した。

「……あ、パーティーはどうなったんですか？　僕を捜しにクライス様が来てくださったんですよね？」

「あとのことはハーベルや重臣たちに頼んでおいた。客人には何も知られることなくパーティーは終わり、今はそれぞれに用意した部屋で休んでいる」

時間的に考えて、クライスはさらわれたラディアを捜すためパーティーを途中で抜けることになったはずだ。

正妃であるラディアばかりか、パーティーの主催者であるクライスまでが途中で退席したら、招待客に悪い印象を与えてしまったのではないかと心配だったが、そこはハーベルたちが上手くフォローしてくれたようだ。

トールバルド国の今後にも関わる大事なパーティーが無事に終わったと聞き、ラディアはホッと安堵する。

「よかったです。ご迷惑をおかけしてすみませんでした。……あの、僕はもう大丈夫なので、クライス様も休んでください」

そう言ったのに、クライスは無言でラディアをベッドへ横たえブランケットを何枚もかけ、心配そうに見つめてくるばかりだ。

だが、暖かい部屋で休まなければならないのは、彼も同じ。

自分のために凍った湖に飛び込んだクライスの身体が心配だった。

ラディアはもう一度休むよう勧めたが、彼は無言で頭を振り、ベッドの端に腰を下ろしたまま動こうとしない。

「傍にいたいんだ。君から目を離したら、またいなくなってしまうかもしれない」

「もう、そんなことは……」

しません、と言おうとして、彼がいつになく弱々しい表情をしていることに気づいた。

こんな姿を見られたくないだろうと思い、ラディアはアイルに退室を促し、ベッドから上半身を起こす。

「クライス様、勝手にいなくなって、すみませんでした」

彼は緩くかぶりを振り、嘆息した。

「マーカス王子に連れ出されたんだろう？　……私が甘かった。氷の輸出が上手くいき、これで民の生活も楽になると、気が緩んでいたんだ。バリール国はトールバルド国を支配下に置こうとしていた国なのに、その国の王子をパーティーに招いて、今後は隣国として協力関係を築ければ、と安易なことを考えていた。思慮が足りなかった。非はバリール国の怒りを買っても仕方ない状況を作り出してしまった私にある」

「いいえ。全部、僕が悪いんです。さらわれたのも、僕が女神と偽って嫁いできたから、バリール国はトールバルド国に目をつけたんです。僕が気を抜いていたから……」

自責の念を感じて目を伏せると、クライスがそっとラディアの手を握る。

「君は何も悪くない。君を守れなかった私に責任がある」

クライスはそう言ってくれたが、自分がもっとしっかりしていればこんなことにはならなかっただろう。

落ち込むラディアを見て、クライスは苦しそうな声で呟いた。

「君が行方不明になったと聞いた時、真っ先にマーカス王子のことが頭を過った。彼が君に興味を持っていたことを知っていたのに、甘く見ていた。その結果、君を危険にさらしてしまったんだ。私が油断していたから、こんなことに……」

クライスの声には深い後悔が滲んでいた。

だが、彼は危険を冒して助け出してくれた。それには感謝の気持ちしかないと、クライスの手に自らの手を重ね、包み込む。

「ありがとうございます。助けていただいて。クライス様が来てくださって、嬉しかったです」

「ラディア……」

声を詰まらせるクライスに、ラディアは微笑みかけた。

「だからもう、謝るのはやめましょう。僕もたくさん謝らなければいけないけれど、あなたが僕には笑顔でいてほしいと言っていたから、もう謝るのはやめます。謝る代わりに、感謝します」

「……ああ、そうだな」

やっとクライスの表情から強張りが消えていき、柔らかな笑みを見せてくれた。

互いに後悔が残っていたが、その思いを口にしたことで、わずかだが消化出来た気がする。

「そういえば、マーカス王子は今どこに？」

「バリール国の兵士と共に、城の地下牢で拘束している。彼には色々と聞きたいことがあるから、ハーベルが尋問しているはずだ」

バリール国の現国王は長い間、病に臥せっていると聞いた。

国王代理を務めているマーカスが捕虜となっている間は、バリール国も不用意に手を出してこないだろう。

今すぐにバリール国が攻めてくるような事態になっていないようで胸を撫で下ろすと、額に落ちた髪をクライスにすくい取られた。長い指の間をオレンジ色の髪がサラサラとこぼれ落ちていく。

「クライス様？」

呼びかけても応えず、彼の指が頰に触れ、そして唇を掠める。

羽根で撫でられているくらいの軽い接触なのに、こんな風に触れられたことがないからドキリとしてしまう。

「よかった、体温が戻ってきたな」

「ぁ……」

クライスはただ体調を心配しているだけなのに、触られて意識してしまった自分が恥ずかしい。

「ラディア、一つ、約束をしてくれないか？」

普段よりも声量を落とした静かな声が、耳に心地よく響く。

「……約束？」

クライスは浅く頷き、続けた。

「もう、無茶はしないでくれ。それが私を想っての行動だとしても、私の代わりに君が傷つくのは耐えられない」

「クライス様……」

繋いだままの手を自らの額に当て、クライスは懺悔《ざんげ》するかのように目を伏せた。

「君を助け出せて、本当によかった。息をしていないと知った時は、生きた心地がしなかった」

クライスの声がわずかに震えているのがわかり、ラディアまで心が苦しくなってくる。

「冷えた身体をさすり、氷のように冷たい唇に息を吹き込み続け、それでも目覚めず力なく横たわる君の姿が、頭から離れない。……だから、約束してくれ。もう二度と、あんなことはしないと」

クライスは辛さを押し込めるように優しく微笑む。

ラディアはすぐに頷きたかったが、あの時のことが脳裏に蘇《よみがえ》ってきて、落ち着かない気持ちになってくる。

意識が混濁していたからうっすらとしか覚えていないが、凍えた唇に温もりを流し込まれた。繰り返し繰り返し、何度も……。

——あれは、クライス様が息を……。

クライスの救命処置のおかげで、自分は目覚めることが出来た。感謝してもしきれないし、彼に辛い思いをさせてしまったことが、申し訳なくて仕方ない。

だが、気を失っている間にクライスからされたことを改めて意識してしまい、顔が真っ赤になってしまう。

——僕は、何を考えてるんだ。

クライスは必死に命を繋ぎとめようとしてくれただけなのに、彼にキスされたと知り、平静ではいられなくなる。

こんな不謹慎なことを考えていると悟られたくなくてそっと視線を横に逸らすと、クライスが心配そうに顔を覗き込んできた。

「どうした？　まだ寒いのか？」

「い、いいえ、大丈夫です」

このままでは羞恥に染まる顔を見られてしまう。

「熱が出てきたのか？」

ヒタリ、と額に手を当てられ、ますます顔が赤くなる。

「違います。どこも悪くないです」

「そうは見えない。具合が悪くないのなら、なぜ顔がいつもより赤いんだ？」

クライスは本当のことを知るまで納得しないだろう。

言おうか言うまいか散々迷い、ウロウロと落ち着きなく視線を彷徨わせる。

「ラディア、言ってくれないと心配でならない。どうか教えてくれ」

繋いだ手をギュッと握り懇願されて、ラディアはやっとのことで口にした。

「……湖に落ちた後、クライス様が意識のない僕をどうやって助けてくれたのか思い出したら、恥ずかしくなってしまって……」

変なことを考えていると思われる気がして、ラディアは彼の瞳を直視出来なかった。

ところがクライスは、予想外の解釈をした。

「勝手に身体に触れてしまって、悪かった。だが、あれは君を助けるために必要なことだったんだ」

「あ、謝らないでください。わかってますので」

彼は純粋に助けようとしてくれただけ。意識している自分がおかしいのだ。

「それでも、許しも得ずに勝手に私に触れられるのは抵抗があったのだろう？　だから怒っているのではないか？」

「助けてもらったのに、怒ってなんかいません」

「なら、なぜ私から目を逸らすんだ？」

「……言えません」

これ以上はとても自分の口からは言えない。

ラディアはいたたまれなくなって、クライスの手から自分の手をそっと引き抜くと、モゾモゾとブランケットの中に逃げてしまった。

「……ラディア、君が私を愛していないことはわかっている。何か事情があり、女神としてトールバルド国に嫁いできたのだろう？　君が何者でもかまわない。君の心が欲しいとも言わない。だから、これからも私の傍にいてほしい。私を嫌わないでくれ」

——愛してない？　なんで、そんなことを……。

ラディアは驚きのあまり、言葉を失う。

静寂が満ちた室内に、クライスの静かな声が落ちた。

「聞いてしまったんだ、ハーベルと君の会話を。私がハーベルを叱責してしまった日のことだ。あの時に君の声を聞き、声色から男なのではと勘づいた。そして、話していたことも聞こえてしまったんだ。……君は、いずれクスタ島に戻るつもりなんだろう？」

——聞かれていたの……!?

あの後、何も言ってこなかったから、会話を聞かれていないと思っていたのに。

「どうして、何も言わなかったんですか？」

ラディアは我慢出来ず、ついブランケットから半分顔を出してしまった。

クライスは目を細め、小さな笑みを向けてくる。

「本当は、何度も君に、もう隠す必要はないと伝えてしまおうと思った。だが、私が知っていると言ってしまったら、君は私の前から去ってしまうんじゃないかと不安で、ずっと言い出せなかった」

「……じゃあ、ジュエルのことは、いつから気づいていたんですか？」

「実は、かなり早い段階でジュエルがワシだということには気づいていた。私が君を訪ねて行くと、時々ジュエルが衣装部屋のドアの隙間からこちらを窺っていて、その姿が君の部屋の窓ガラスに映っていた。なぜワシなのか疑問を持ったが、君はジュエルと確かに意思の疎通が図れているし、女神の能力は引き継いでいたから、何か事情があってフクロウではなくワシを連れているのだろうと、触れないでおいたんだ」

他の人なら、フクロウでないと気づいたらすぐに問いただしてきただろう。

ラディアが女神ではないと知った時も、騙されたと怒ることなく、受け入れている。

「私にとって、君が女神かそうでないかは、重要ではない。だが、君が女神でいたいのなら、私も一緒に嘘をつき続ければいいと思ったんだ」

クライスはさらりと口にしたが、ラディアはその何もかもに驚かされた。

——ここまで、僕のことを考えてくれていたのか……。

クライスはどこまで優しい人なのだろう。

女神でなくとも自分を求めてくれる言葉の数々に、心が喜びで満たされていく。

けれど、ふいに妹のことが頭を過り、そのことを口にしていた。

「でも、あと四年待てば本物の女神を娶れます。その方がいいでしょう……？」

自分は鳥と話せる能力だけ持つ、女神になれない男。

誰だって本物の女神の方を求める。

ラディアが不安そうに口にすると、彼は慈しむような柔らかな表情をした。

「言っただろう？　君の言葉で、私は雪に覆われたこの国を好きになれたんだ。長い間、雪が降らなければどれほど楽かと憂うばかりで、美しいなどと思えなかった。国王として、誰よりもこの国を愛さなければいけないのに……。君が私を国王に相応《ふさわ》しい人間にしてくれた。君のおかげで、私は大陸中のどの国よりもトールバルド国は素晴らしい国だと思えるようになり、心から愛せるようになったんだ」

クライスはふっと言葉を途切れさせ、改まった口調で切り出した。

「もう一度、改めて言う。私は女神だから君を好きになったわけではない。君自身に惹かれたんだ。だが、もし君がクスタ島に戻ると言うのなら、私に止める権利はない。けれど、覚えておいてほしい。君がいなくなったとしても、私は新たな女神を迎えるつもりはない。君は側室をと言ったが、他の人にこんなに心を奪われることはないだろう。私の妻はラディア、君だけだ。君がいなくなった後も、私は君だけを愛し続ける」

「っ……」

女神でも女性でもない自分のことを、そこまで求めてくれるのか。

女神一族の中では、男として生まれたことを残念がられてきた。両親には愛情をかけて育ててもらったが、女性であることに価値がある一族のため、せっかく鳥の声を聞く能力を持って生まれたのに、女神になれないことで余計に落胆させた。

仕方のないことだと自身に言い聞かせてきたが、女神でない自分をこんなにも必要としてくれる人がいたとは。

クライスに出会えたことが、信じられないくらいの奇跡だと感じる。

「……本当に、女神でなくてもいいんですか？」

「かまわない。それに、女神でない方が、私にとって都合がいい。……あ、いや、すまない。聞かなかったことにしてくれ」

どうやら最後は言うつもりがなかった言葉らしく、クライスは失敗したとでも言うように片手で口元を覆う。

そんな態度を取られたら、理由が気になって仕方ない。

「どうして都合がいいんですか？」

ラディアが尋ねると、チラリと視線を向けた後、彼は観念したかのように打ち明けてきた。

「……女神だったら、触れることが出来ないからだ。だが、女神でないなら、君の許しがあれば触れることが出来る」

――クライス様……。

散々許可なく触っておいて今更だが、と彼は苦笑したが、ラディアはもう我慢出来なくなって、心が求めるままにクライスに抱きついた。

「ラディア……？」

「本当は、僕もずっとクライス様のことが好きだったんです。でも、女神じゃないし、女性でもない僕のことを、好きになってもらえるはずがないと思って、それで……っ」

胸に秘めていた想いが溢れ出し、色々伝えたいことがあるのに上手く言葉に出来ない。

興奮したら涙まで勝手に流れてきて、ラディアは自分の心を制御出来なくなってしまった。

大きくしゃくり上げ、どう言ったらクライスを誰よりも愛していることが伝わるのだろうと言葉を探していると、力強く抱き締められた。

「ラディア、それは本当なのか？」

「はい……。はい、本当です。僕はあなたのことが好きなんです。それなのに、僕は嘘を……。嘘をつきたくはなかったけど、僕が女神になれば少しでもトールバルド国に希望を与えることが出来るんじゃないかって思って……。だけど、嘘をついていることが、苦しくて……」

こぼれた涙がクライスの衣服を濡らしていく。

ラディアは自分でも何を言っているのかよくわからなくなっていた。

これまで言葉に出来なかった想いを訥々《とつとつ》と語るラディアに、クライスは間近で微笑を浮かべ、額をすり合わせてくる。

「もっと早く、気づいていると言ってやればよかった。そうすれば、君を苦しめずにすんだのに」

二人共、愛する人を失いたくなくて、それぞれ嘘をつき続けた。真実を隠していれば、傍にいることが出来ると思って……。

「ラディア、もう泣かないでくれ」

クライスの手が頰を滑り、顎を取られ上向かされる。

ゆっくりと距離を詰められ、キスされる予感に自然と瞼を閉じていた。

——女神じゃなくてよかったと、思う日が来るなんて……。

彼が言った通り、女神でないからこうして抱き締めてもらえる。

気持ちが通じ合えば、キスだって出来る。

クライスのおかげで、女神になれない自分を受け入れることが出来た。

そうっと優しく重なる唇。

合わせた唇から、愛おしさが流れ込んでくるようだった。

「ラディア、もう一度かまわないか？」

触れるだけの優しいキスは一瞬で、ラディアももっと彼を感じたくて浅く頷いた。

初めてのキスは、命を繋ぐためのものだった。

二回目のキスは、緊張してよくわからなかった。

だから三回目はしっかり覚えておこうと思ったのに、先ほどのキスとは少し様子が違っていた。

「ん……っ」

唇をはまれ舐《な》められ、反射的に薄く開くと、そこから舌を入れられた。

「はっ……っ」

どう息をしたらいいのかわからず、苦しさから身を離そうとしたが、後頭部を押さえられ逃げられない。

——ど、どうしたら……。

息継ぎの仕方がわからず苦しくて、思わず胸を叩いていた。

「……すまない」

我に返ったクライスがようやく唇を離してくれ、ラディアはベッドに手をつき乱れた息を整える。

けれど、呼吸が落ち着いてからも彼の顔が見られず、そのまま俯いていた。

——恥ずかしい……。

キスされることは嫌ではなかった。むしろ、キスしたいほど求めてくれていることが嬉しい。

だが、どうしても羞恥心がこみ上げてくる。

すると、耳まで赤くしたラディアの肩に、クライスがブランケットをかけてきた。

「今夜はゆっくり休んでくれ」

——え……？

そのまま背を向けられ、ラディアは咄嗟に彼の服を摑んで引き留める。

「ラディア？」

クライスが不思議そうな顔で振り返った。

自分の想いを口にするのは勇気がいる。どんな反応をされるかわからず怖いからだ。

それでも、今きちんと言わないと、彼は出て行ってしまう。

「もう少し、一緒にいてもらえませんか？」

勇気を振り絞って伝えてみたが、クライスには困ったような顔をされてしまった。

「私も一緒に過ごしたいが、今は駄目なんだ」

やっとの思いで言葉にしたのに、断られてショックを受ける。

——こんなに、心が傷つくのか……。

以前、クライスと口論になった時、ひどいことを言ってしまった。その時、彼の心にもこんな傷を負わせてしまったのかもしれない。

クライスはいつもラディアを優先してくれていたので、拒絶されたことがなかったからわからなかった。ずっと彼に守られていたのだと、ラディアはようやく気づいた。

心が折れてしまいそうだったが、クライスと離れたくないという気持ちが勝る。

「なぜ、今は駄目なんですか？」

声を震わせながら尋ねると、クライスにそうっと頬を撫でられた。

「そんな顔をするな。君のせいじゃない。私の問題なんだ」

「クライス様の？　問題ってなんですか？」

ラディアはさらに質問を重ねるが、クライスは困り顔で微笑むばかりで、答えてくれない。

「……本当は、僕が何かしてしまったんじゃないんですか？　クライス様は優しいから、僕に気を使ってそう言ってくれているだけで……」

「それは違う」

「なら、どうして教えてくれないんですか？」

ラディアが言い募ると、クライスが顔を近づけてきたので、キスされそうな予感に心臓が高鳴った。

ところが、ギュッと目を瞑《つむ》って待っていたのに、一向に触れてこない。

そろそろと目を開けると、至近距離でクライスの青い瞳と視線が交わる。

「やはり、これ以上は一緒にいられない。……私は自分を抑える自信がないんだ。今も、自制が効かずにキスしようとしてしまった」

そう語るクライスに、今度はラディアから口づける。

「……ラディア？」

「行かないでください……。僕も、キスしたいと思っているんです」

恥ずかしさを押しこめ、もう一度ラディアから唇を寄せキスをすると、ブランケットを剝いだクライスの腕が、シーツとラディアの背の間に滑り込み、抱き締められながら深い口づけへと誘われる。

「んんっ」

奥で縮こまっている舌を絡め取られ吸われて、脳に蕩けるような心地よさが広がっていく。

さっきは息が出来なくて苦しかったが、クライスが息継ぎをしやすいように角度を変えてキスしてくれるから、呼吸が楽になった。

「あ、ん……っ」

いつしかラディアも、クライスの求めに応えるように舌を絡めていた。

――ずっとこのままキスしていたい。

そんな風に思ってしまうほど、クライスとのキスは気持ちいい。

「……身体は温まったようだが、具合は大丈夫か？」

クライスがキスの合間に尋ねてきた。

ラディアが小さく頷くと、クライスが再び唇を寄せてくる。

「もし辛くなったら、すぐに教えてくれ」

言い終わるや否や、ペロリと唇を舐められ、くすぐったさに肩を竦めた。

「あ……、ん……っ」

ラディアがキスに夢中になっていると、背中に回されていた腕が動き、ボタンを一つ二つ……と外していく。

――ん、何……？

ラディアが不思議に思っていると、クライスの手が肩に置かれ、そのままスルリとワンピースを下ろされた。

「わっ」

予想外のことに、思わず声を上げる。

クライスがピタリと不自然に手を止め、息を詰めた。

「この痣《あざ》は、マーカス王子にやられたのか？」

ソロソロと脇腹を撫でられ、身体が小さく跳ねてしまう。

「痛かっただろう？」

「い、いえ」

フルフルと頭を振ると、クライスがまるで壊れ物を扱うように優しく抱き締めてきた。

「……ひどいことを、されたんだな。守れなくてすまない」

「平気です。男ですから」

深い後悔が滲む声音に、彼に責任を感じてほしくなくて、あえて笑顔でそう言った。

「……ラディア」

これまで聞いたことのない色気の滲む声音で名前を呼ばれ、胸が甘苦しく引き絞られる。

彼に求められていることに喜びを覚え、頰を染めると、クライスに軽くキスされ、躊躇いがちに素肌に手のひらを押し当てられた。

「んっ」

彼の温かく大きな手のひらは、肌の感触を確かめるようにゆっくりと動く。

はじめに脇腹の辺りを撫でていた手が徐々に上へと移動し、やがて胸元を彷徨い出す。膨らみのない胸を円を描くように擦られ、自分で身体を洗う時にはなんとも思わない動きなのに、クライスに触れられていると意識した途端、背筋がゾクリと戦慄《わなな》いた。

「あ……っ」

クライスの長い指が胸の突起を掠め、口から密やかな喘《あえ》ぎが漏れる。

恥ずかしさに口元を押さえると、何度もそこを指の腹でこねるようにいじられ、執拗な刺激に胸の突起がプクリと硬く尖り存在を主張した。

「んんっ、それ、や……っ」

ラディアが訴えてもクライスは聞き入れてくれず、触りやすくなったそこに爪を引っかけるようにして弾《はじ》いてくる。

「あんっ」

自分でも驚くほどの甘い声がこぼれ、顔が真っ赤になってしまう。

こんな声は聞かれたくないのに、クライスは何度も何度も左右の突起をいじめてくる。そのたびにビクビクと身体が震え、必死に声を押し殺した。

「……っ、ふっ、ぁ……っ」

自然と息が上がり、肌がうっすら汗ばんでくる。

胸を触られているだけなのに、なぜか下腹部が重く熱くなってきて、身体の変化に戸惑う。

──なんで、こんなところで……。

腰が切なくうずき出し、血液がそこへ集中する。クライスが与えてくれる胸への刺激を受けて、ラディアの中心ははっきりと快感を訴え硬く勃《た》ち上がっていく。

「っ……！」

するど、頭をもたげた中心の先端部分が覆い被さるクライスの腹に擦れ、ラディアは息を詰めた。

刺激に慣れていない身体は、たったそれだけのことでさらに熱を帯びる。

──これ、だめ……っ。

身体を密着させているから、ラディアの硬くなった中心が彼の腹に擦れていることは気づかれてしまっているだろう。

はしたない姿を見られたくなくて、なんとか身体を離そうとベッドの上で身じろぎした。

「ラディア、じっとしていてくれ」

「あ……っ！」

逃げ出そうとしていると思ったのか、動きを封じるようにクライスが体重をかけてきた。

必然的に敏感になった中心がさらに彼の腹で擦られ、ラディアはブルブルと身を震わせる。

誰かと身体を重ねた経験のないラディアはこういう時にどうしたらいいのかわからず、恥ずかしさから顔を覆い隠す。たったこれくらいのことで気持ちよくなってしまっていることを、クライスに知られたのが辛かった。

ラディアが口を引き結んでいると、そっと顔を覆う手を剝がされ、クライスが唇を寄せてくる。深い交わりによって飲み込めなくなった唾液が溢れ出し、口角から滴った。

「ふ……、んっ」

ラディアが夢中で舌を絡めていると、彼の手が再び動き、今度は下へと移動していく。

「もうこんなに硬くしているのか」

「ち、違っ、……っ！」

クライスが甘い声で囁き、熟れた果実のように膨らんだラディアの中心におもむろに指を絡めた。

「大丈夫だ。否定しなくていい」

自分よりも大きな手のひらで中心を包み込まれ、ゆっくりと上下に動かされる。

すると、もう限界だと思っていた中心が、さらに一回り嵩《かさ》を増した。

「私にキスされ、胸に触れられて、感じたのだろう？」

「っ……っ！」

中心は痛いくらい張り詰めているのに、クライスは焦らすようにゆるゆると手を動かすだけで決定的な刺激を与えてくれない。

「あっ、ああっ」

甘苦しい快感に身もだえ、ラディアは目尻から涙をこぼす。

こんなにも辛くて苦しいのに、その姿を見てクライスは喜びを感じたように、クスリと微かな笑みを浮かべた。

「どんどん溢れてくる。ちゃんと感じてくれているんだな」

「ぁ……っ！」

先端を親指の腹でグルリと撫でられ、声にならない悲鳴を上げる。

上へずり上がって逃げようとしても、クライスに腰を掴まれてしまって逃れられなかった。

自分の意思ではなく、人の手によって与えられる刺激に、先端の窪《くぼ》みからは次から次へと蜜が溢れる。

彼が手を動かすたびに、そこから濡れた水音が聞こえてきて耳を塞ぎたくなった。

「やっ、やめて……っ」

いつも優しい人なのに、クライスはラディアの懇願を無視し絶えず中心を弄んでくる。

「一度、楽にしてやろう」

「ひっ……！」

先端から滴った蜜が潤滑剤となり動きを滑らかにしているのか、これまでになく速く強く中心を刺激され、もう我慢出来なかった。

「だ、め……っ、もう、い……っ！」

グリッと先端を押しつぶされ、中心が弾けるような衝撃が全身を駆け巡る。

頭の中が真っ白になり、限界まで我慢していた熱いものを中心から解き放つ。

「ぁ――っ」

ようやく甘い責め苦から解放され、快感の象徴である白濁があちこちに飛び散った。

「全部出していい」

「やぁっ……！」

まだ出ている最中だというのに、さらなる射精を促すようにクライスが中心を擦ってきた。

身体が痙攣《けいれん》するかのようにビクビクと跳ね、クライスの手で全て搾り取られる。

「あ……、はっ、はぁ……っ」

目の前に、火花が見える。

これまでに経験したことのない快感に、ラディアは半ば意識が飛んでいた。

先ほどまであんなに恥ずかしかったのに、今はもうそんなことを感じている余裕すらない。

「ラディア」

気だるさからベッドにぐったり横たわっていると、密やかに名前を呼ばれた。

「ラディア……」

甘いキスを落とされ、それに応えるために重い腕を動かし目の前の愛しい人に縋《すが》りつく。

しばらくベッドの中でじゃれるような口づけを楽しんでいると、ふいにクライスが身を離し、膝立ちになってこちらを見下ろしてきた。

「ラディア、私もいいか？」

熱の籠った眼差しで見つめながら、クライスは一枚ずつ衣服を脱いでいく。徐々に露《あら》わになっていく身体から目が離せず、ラディアはゴクリと唾を飲み込んだ。

――クライス様もって、それってつまり……。

クライスがしてくれたように上手く出来るか自信はないが、自分だって彼に触れたい。暖炉の炎に照らされ、薄暗がりに浮かび上がる均整の取れた美しい身体に、思う存分触りたい。

再びこみ上げてきた恥ずかしさから目を伏せて「はい」と頷くと、唐突にクライスがラディアの足を大きく割り開いた。

「えっ？」

何がなんだかわからずされるがままになっていると、ぬるりとしたものを後ろに塗りこめられた。それが自分の放った精液だと気づき、彼が何をしようとしているのか悟ったラディアは、緊張から身体に力を入れてしまう。

「ラディア、力を抜いてくれ」

「ク、クライス様……」

「私を、ここで受け入れてくれ」

「っ…！」

後ろを探るように撫でていた指が、後孔《こうこう》をグッと押してきた。

とても受け入れられないと思っていたのに、ぬめりを帯びた指は意外にもすんなり中へ入ってくる。

「や……っ」

未知の感覚に恐怖心が湧き上がり、やっぱり無理だと制止しようとした時、中にある指を前後に動かされ、耐え切れなくなって頭を振って訴えた。

「や、やだ……っ」

「すまない。だが、少し我慢してくれ」

彼は自分を傷つけることはしない。

わかっていても、心の準備もなくそんなところをいじられて、涙がこみ上げてきた。

「んっ、んっ」

指が動くたびに、違和感を覚える。

けれど、しばらくそれを繰り返されているうちに、なぜだかウズウズするような感覚がその部分から生まれてきた。特に、内壁《ないへき》のある一点を指が掠めた時に、表現し難《がた》いほどの鋭い快感が走る。

「あんっ、あっ、あっ……っ」

甘い喘ぎ声を絶えず上げてしまい、ジンジンとした重苦しい快感に、再び中心が力を取り戻していく。

「ここがいいのか？」

「あぁっ」

クライスはラディアの反応を見て、的確にその場所を狙って指先で擦るように刺激してきた。

執拗に何度もそこを狙われて、何も考えられなくなる。

中心は硬く反り返り、腹の上にまた蜜が滴る。

達したいのに叶わないもどかしさに、ラディアは先ほどのように中心を触ってほしくて、ついにクライスにねだってしまった。

「クライスさ……っ、もっと……っ」

「ラディア……」

クライスは低く呻《うめ》き、後孔から指を引き抜いた。

「や……っ」

——どうして？

前と後ろを両方触ってほしいのに。

ラディアが切なさに腰を揺らすと、クライスが足の間に腰を進めてきた。

もの欲しそうに蠢《うごめ》く後孔に、質量のあるものが押し当てられる。

「ん……っ」

それがなんなのかすぐにわかり、反射的に腰をずらしてしまった。

嫌なわけではない。ただ、指とは異なる大きさに、本能的に恐怖を感じた。

クライスは一瞬悲しそうに瞳を揺らし、気持ちを静めるように嘆息する。

「ラディア、君が欲しい」

「クライス様……」

「ずっと、君を抱きたくて堪らなかった。どうか私を受け入れてくれ」

クライスの中心は熱く猛《たけ》っている。それは自分を求めてくれている証《あかし》。

——僕だって……。

彼の全てを受け入れたい。

そして、愛してほしい。

「……はい」

ラディアは浅く頷き、彼を受け入れるためにさらに足を開く。

大きな中心がグッと後孔に押しつけられ、ゆっくりと中に潜り込んできた。

「はっ、……っ」

その大きさにブルリと身震いし、浅い呼吸を繰り返す。

クライスはこちらの様子を確かめながら、慎重に腰を進めてきた。

「ラディア、苦しいのか？」

目尻を伝う涙を指で拭われ、頬を優しく撫でられる。

「ちが……、違うんです……」

ラディアが流した涙の理由は、ようやく一つになれた喜びに他ならない。

短い言葉からクライスはその意図を汲み取ってくれたようで、優しい口づけを落とされた。

「ゆっくり動く。辛くなったら言ってくれ」

クライスはそろそろと腰を引き、そしてまた進めてきた。

負担をかけないように動いてくれているが、それでも初めての感覚に身体がついていかない。

――く、苦しい……。

経験したことのない圧迫感に、ラディアの目尻からは幾筋もの涙が流れていく。

こんな状態では、彼も楽しめていないのではないだろうか。

そっと目を開けると、思った通りクライスは眉間に皺《しわ》を寄せ苦しそうな顔をしていて、申し訳なさでいっぱいになった。

「……クライス様」

「なんだ？」

「ご、ごめんなさ……」

クライスが腰の動きを止め、怪訝そうな表情を浮かべる。

「どうして謝るんだ？」

「だって、僕を抱いても、全然よくないでしょう？」

彼はわずかに目を瞠り、そして苦笑いした。

「そんなことはない。気持ちよくて、激しくしてしまいそうだから耐えていただけだ」

「そう、なんですか？」

「ああ。もしよくなかったら、とっくにこんな状態じゃなくなってる」

クライスはラディアの手を取って、繋がっているところを指で確かめさせた。

「……っ」

「ほら、平気だろう？」

「は、はい……」

とんでもないところを触らされた気がする。

ラディアが顔を赤くすると、クライスが耳朶《じだ》に息を吹きかけるようにしてねだってきた。

「少し、激しくしてもいいか？」

「ん……」

コクリと頷くと、クライスが腰を摑み、奥へと大きく中心を突き進めた。

「あっ！」

その衝撃で甲高い声が上がる。

それは一度で終わらず、クライスはゆっくり腰を引き、そしてさらに深い場所まで中心を突き入れてくる。

「あっ、あんっ」

奥を突かれるたびに勝手に声が漏れてしまう。

クライスの律動に合わせベッドが大きく軋み、淫靡《いんび》な音が室内に響き渡る。

その恥ずかしい音にも興奮してしまい、ラディアは体内にあるクライスの中心を締めつけていた。

「く……っ」

クライスは呻き声を漏らし、その直後、一際強く奥を突いた。

「あっ……！」

激しく中心を突き立てられ、中のあの気持ちいいところをゴリゴリと抉《えぐ》られた。

「あっ、だめっ」

前に触れられないまま達してしまいそうになり、ラディアは頭を左右に振って身を捩《よじ》る。

「あと少しだけ、つき合ってくれ」

さらに強く伸しかかられ、胸が密着する。

その状態で腰を動かされ、ラディアはもう快楽から逃げることが出来なくなってしまった。

「や、これ、やっ、……っ」

もうこれ以上はないと思っていたのに、体勢が変わったことで滾《たぎ》った中心でもっと奥を割り開かれ、ラディアは内腿《うちもも》を痙攣させる。

遠慮のない動きで繰り返し貫かれ、前を触られた時とは違う深い悦楽を感じた。

――また、いっちゃう……っ。

襲い来る快楽の波を堪えるため、目の前の逞《たくま》しい肩にしがみつく。

「ラディア……っ」

クライスが勢いよく最奥《さいおう》を穿《うが》ち、その衝撃でラディアの中心から白濁が飛び散る。

「やぁ……っ、だめ……っ」

ラディアが達したとわかっただろうに、クライスの動きは止まらず、深いところを何度も突かれた。

そのたびに中心の先端から白濁が飛び、強い快感に頭の中がグチャグチャになる。

「あっ、ああっ、―――っ！」

これまでにない絶頂に誘われ、それと同時に最奥に熱い奔流を感じ、ラディアは全身を戦慄かせた。

隙間なく合わせた胸からは、どちらのものともわからない心臓の拍動が伝わってくる。

「ラディア、愛してる」

荒い呼吸と共に掠れた声で囁かれ、ラディアは身も心も温かなもので満たされていくのを感じた。

――なんて、幸せなんだろう。

この世に、これ以上の幸せはない。

「……僕も、愛してます」

ラディアも彼の背に腕を回して抱き返し、好きな人に愛されることの喜びに胸を震わせた。


ラディアはフカフカのベッドの中で寝返りを打とうとして、身体が動かないことに気がついた。

――何……？

そっと瞼を押し上げると、目の前にクライスの寝顔があり声を裏返らせる。

「ク、クライス様っ？」

動揺しながらも視線をブランケットの中に向けると、彼が素肌に何も身に着けていないことを知って顔を真っ赤に染めた。

――昨日の夜、一緒のベッドに入って……。

昨夜の出来事を鮮明に思い出してしまい、恥ずかしさでいっぱいになる。

ラディアが一人で狼狽えている最中も、クライスは気持ちよさそうに眠っていた。

――寝顔を見るのは初めてだ。

身長差があるため、これまであまりじっくり観察したことはなかったが、寝ていてもため息を誘われるほど整った顔立ちをしている。

――こんな機会、もう二度とないかもしれない。

クライスが眠っている隙に、思う存分寝顔を見つめる。

ラディアが微笑みながら見惚《みほ》れていると、ふいに扉をノックされた。

「……ん？」

その音に反応してクライスの瞼がピクリと動き、瞬きを数回繰り返した後、青い瞳がラディアを捉える。

「おはよう、ラディア」

「お、おはようございます」

この状況でまともに挨拶する余裕がなく、ラディアはモゴモゴと返し、鼻先までブランケットを引っ張り上げる。

「どうした？　体調が悪いのか？」

「だ、大丈夫です」

「大丈夫という様子では……」

そこでクライスは何かに気づき、言葉を途切れさせる。

何度か口を開けたり閉じたりした後、恐る恐るといった様子で尋ねてきた。

「一夜を共に過ごし、私のことが嫌いになったのか？」

「……違います」

「本当か？　私を嫌っていないと言うのなら、顔を見せてくれ」

「…………」

ラディアがそろそろと顔を覗かせると、クライスはホッと息を吐き、いつもの優しい微笑みを向けてきた。

「よかった。もし今後、私が何か嫌なことをしたら、遠慮なく言ってくれ。君に嫌われたくない」

「……はい」

そう返事をしたものの、きっとそんな日は来ない。

こんなにも彼のことが好きで、昨日より今日の方が好きだから、そして今日より明日の方が、もっと好きになっているはずだ。彼になら何をされても許してしまう気がした。

クライスの温かな手のひらが頬を撫でてきて、そのまま唇を寄せられる。

しかし、あと少しで触れ合うというところで、再びノックの音が室内に響いた。

クライスはラディアとの時間を邪魔されたことに苛立ったのか、眉根を寄せ憮然《ぶぜん》とした表情で「誰だ？」と答える。

「ハーベルです。やはりこちらにいらっしゃいましたか」

クライスはため息をつきベッドから降りると、床に散らばっている服を身に着け始めた。

「何かあったのか？」

「ご報告したいことがあります。よろしいでしょうか？」

クライスはハーベルに待つよう伝え、ベッドに潜り込んでいるラディアの元へ近づいて来た。

「もう少しゆっくりしたいところだが、もう行かねばならない。また後で来てもいいか？」

「……はい。お待ちしてます」

ラディアの答えに嬉しそうに目を細め、クライスは一つキスを落とし、すぐに身を離した。

「ゆっくり休んでくれ」

そう言い残し、部屋を出て行った。

一人になったラディアは、ほう、と吐息をこぼす。

これまでも穏やかな人だったが、想いが通じ合ってからは優しさの中に甘さが含まれているような気がする。

好きな人に想ってもらえてもちろん嬉しいが、ラディアはどんな反応をしたらいいのかわからず照れてしまう。

――いつか、慣れるのかな？

キスされることも、身体を重ねることも、慣れる日が来るのだろうか。

また昨夜のことを思い出して一人赤面していると、アイルが朝の挨拶にやって来た。

慌てて服を着てベッドを整え、扉を開ける。

「ラディア様、お身体は大丈夫ですか？」

「へ？　な、なんで？」

クライスとベッドを共にしたことを指しているのかと思い、動揺してしまう。

「昨日、湖に落ちたじゃないですか？　お腹《なか》の痣も痛みませんか？」

「あ、ああ、うん。平気」

「それは本当によかったです。あまり心配させないでくださいね？」

「うん、ごめん」

やんちゃな子供を窘《たしな》めるように言うと、アイルはテキパキと仕事をこなしていく。

「今日も太陽が出てるんですよ。カーテンを開けますわね」

アイルがカーテンを開け、室内に朝の光を取り込む。

寝不足ぎみのラディアは、朝日の眩しさに目を細めた。

「雪が降らなくてよかったです。パーティーにいらしたお客様方が、今日お帰りになるそうですから。あ、そうそう、クライス様からのお言伝で、ラディア様は見送りには出ずに休んでいるようにとのことです。お身体を気遣ってくださっているんですね」

クライスの名前を出され、ラディアはどんな顔をしていいのかわからなくなり、話題を変えようと窓の外に視線を送る。

「ねえ、アイル。アイルは雪は好き？」

「そうですねぇ。少し困ることもありますけど、綺麗だと思います」

何気なく口にした質問だったが、アイルにそう言ってもらえ、ラディアまで誇らしい気持ちになった。

「うん、僕もそう思う」

生まれ育ったクスタ島の海よりも美しいと感じる雪景色。

それは、愛した人の生まれた国だから、美しく愛おしいと思うのかもしれない。


「え？　マーカス王子が僕に会いたいと言ってるんですか？」

ラディアは戸惑いの表情を浮かべ、どうするべきか迷う。

「ラディア様としか話さないと言うばかりで、他は何も話さないんです。申し訳ありませんが、ご協力をお願い出来ませんか？」

マーカスが捕らえられた翌日、ラディアはさらわれた時に彼が話していたことをクライスに伝えた。

だが、マーカス自身は一切の質問に答えず、ハーベルはこの五日間、尋問を続けている。

しかし、マーカスはなかなか口を割らないようで、先ほどクライスと共にラディアの元を訪れたハーベルは、とても疲れた顔で力なく頭を下げ協力を求めてきた。

自分で役に立てるのなら協力したいところだが、クライスがどうも反対している様子なので、ラディアは頭を悩ませる。

「お願いします。ラディア様に危害を加えられないようにマーカス王子を拘束し、護衛も十分に配置します。私ももちろん同席し、王子が不審な動きをした場合は、私が命がけでラディア様をお守りします」

「ラディア、嫌なら嫌と言ってくれていい。本来はこちらで対処すべきことなのだから」

懇願するハーベルの声を遮るように、渋い顔をしたクライスが口を挟んできたので、ラディアは二人の顔を交互に見つめ迷いながらもこう告げた。

「……わかりました。マーカス王子と話します」

「ラディア、無理しなくていい」

即座にクライスが止めようとしてきたが、ラディアは頭を振って押し留めた。

「実は、マーカス王子にさらわれた時、違和感を覚えたんです。根底に何か別の思いがあるような気がして……。それを聞かないと、また同じようなことが起こりかねません」

「だが、それを聞くのはこちらの仕事だ。君が無理をする必要は……」

「僕はクライス様が心配なんです。マーカス王子はあなたを狙っていた。僕にもクライス様とこの国を守らせてください。僕を、正妃だと思ってくださるのなら」

クライスとハーベルが互いに顔を見合わせる。

三日前、クライスはハーベルから改めてラディアが女神と偽りトールバルド国へ嫁ぐことになった経緯と、四年後にラディアと入れ替わりに妹のサリーが女神として嫁いでくる予定であることを聞かされた。

ハーベルは王を謀《たばか》る行為は重罪だからと重い処分を覚悟していたようだが、クライスは広い心で全てを許した。それどころか、ラディアを花嫁として連れて来てくれたハーベルに感謝までしたのだ。

だが、この一件はそう簡単に終わるような話ではない。

家臣たちや国民が、この話を聞いた時にどういった反応を示すのかは未知数だ。

いつラディアの事情を国民に打ち明けるのかは、バリール国とのことが片づいてから改めて話し合うことになっている。

だから、それまではラディアはクライスの正妃。

正妃として、国と国王に危害が及ぶ可能性が危惧されるのなら、なんとしても退けなければいけない。

ラディアが目に決意を滲ませながら訴えると、クライスは困ったように苦笑した。

「そんな風に言われたら、頼みを聞かないわけにいかなくなる」

クライスは頷き、マーカスとの面会を許可してくれた。

さっそくハーベルとクライスに付き添われ、マーカス王子が幽閉されている地下牢へ向かう。

地下牢の場所は城の中ではなく外で、城の裏手にあたるところにひっそりと入り口となる小屋が建てられており、何重もの扉を抜けるとようやく地下へ続く階段が現れる。

ラディアは地下牢へ足を踏み入れるのは初めてで、こんなものがあったのかと驚かされた。

暗く狭い階段を、一列になって降りていく。

緩いカーブを描く階段を一番下まで降りると、そこには大勢の家臣たちが集まっていた。

どうやら、マーカスが黙秘を続けているので、人を代えれば白状するかもしれないと交代で尋問しているようだ。

家臣たちはクライスとラディアを目にすると、道を開けその場に跪《ひざまず》いた。

「こちらです」

両側に等間隔で並ぶ扉の中でも特に重厚な鉄製の扉の前で、ハーベルが立ち止まる。

クライスが目で合図すると、扉の前に立っていた見張り役がカギを開け中へ通してくれた。

窓のない地下牢は蠟燭の明かりがあっても薄暗く、湿度が高くてジメジメしている。

小さな部屋には中央にイスが一脚だけ置かれ、深く頭を垂れた男が縛りつけられていた。

その男の周りを五人の見張り役が囲み、何かあればいつでも剣を抜けるよう、柄《つか》に手をかけた状態で立っている。

「マーカス王子、起きてらっしゃいますか？」

「……やっと、来たのか」

ハーベルの声に、俯いていたマーカスが、ゆっくりと面《おもて》を上げる。

焦げ茶色の暗い瞳がラディアの姿を認め、スッと細められた。

〈私に会いたがっていると聞きました。私の質問になら答えるとも〉

「ああ、そうだ。女神にだけ話そう。ただし、手話は駄目だ。口で質問しないと答えない」

地下牢の扉は開け放たれ、廊下から大勢の家臣が固唾を飲んで牢内を見守っている。

――僕の正体を、家臣たちに知らしめるつもりなのか。

国庫を空にしてまで求めた女神の花嫁が偽物、それも男だと知ったら、家臣たちの中には騙されたと怒りを抱く者も少なくないだろう。けれど、クライスは家臣がなんと言おうと、ラディアを守るつもりでいると言ってくれた。

だが、それが不満の種となり、いつかクライスと家臣の間に亀裂が生じてしまいかねない。

だからラディアの正体を打ち明ける時期は、慎重に検討しようということになっていたのに……。

マーカス王子は拘束された状態で、まだ策略を巡らせていたのか。

――僕は、どうしたら……。

責められるのが自分だけならいいが、クライスや女神一族まで巻き込むことになるのは避けたい。

ラディアがキュッと唇を引き結ぶと、マーカスが挑発するように言ってきた。

「どうした？　本当は話せるだろう？　……ああ、声を出すと男だと知られてしまうから、話せないのか。大金と引き換えに国王の正妃として迎えた女神が実は男で、連れている鳥もワシだなんて、この国の者たちに知られたら大騒ぎになるものな」

マーカスの言葉に、居合わせた家臣たちがざわめき出す。

「ラディア様、マーカス王子がおっしゃられたことは、本当ですか？　苦し紛《まぎ》れの嘘でしょう？」

「……っ」

ここで嘘だとラディアが主張すれば、家臣たちは信じてくれるだろう。

けれど、もう嘘はつきたくなかった。

しかし、こんな形で真実を白日の下にさらすのも躊躇われる。

声を出すことも、手話をするために手を動かすことも出来ずにいると、マーカスが皆に聞こえるよう声を張る。

「彼は偽物の女神だ！　お前たちは騙されていたんだ！」

家臣たちの疑いの目が、いっせいにラディアに向けられる。

「待て……、っ⁉」

クライスが場を収めようと一歩踏み出したが、ラディアは頭を振ってそれを制した。

ここまで言われてもラディアが否定しないことで、家臣たちはマーカスの言葉が正しいのだと判断したようだ。

「偽物の女神だったとは……！」

「よくも今まで我々を騙してくれたな！」

次第に明らかな怒りの声が上がり始め、ラディアがつるし上げられてもおかしくないほどの緊迫した空気に辺りが包まれる。

——何を言われても、言い返すことなんて出来ない。

元々はこの国の救いになるのならと女神になることを選んだのだが、彼らを騙していたことは事実だ。

全て自分で蒔《ま》いた種だとわかっている。けれど、これまで好意的に接してくれていた家臣たちに非難を浴びせられているこの状況は、想像以上に堪《こた》えた。

──でも、僕はそれだけのことをした。

ラディアが家臣たちの心ない言葉をただ黙って聞いているしか出来なかったその時。

ついにクライスが痺《しび》れを切らし、家臣たちの前に進み出た。

「ラディアが女神じゃないと、君たちは本当にそう思っているのか？」

その一言で場がしんと静まり返る。

クライスは凛《りん》とした声で、自身の思いを言葉に乗せた。

「ラディアがいてくれなかったら、氷が他国にこれほど重宝されるだなんて気づかないままだっただろう。ラディアがいたから、我が国は窮地を脱することが出来たんだ。それをもう忘れたのか？」

だが、そのことを鑑《かんが》みても、家臣たちは偽物の女神を迎えたことを心情的に許すことが出来ないようだった。

「ですが、クライス様。それとこれとは別の話でございます。クライス様も偽物の女神を正妃として置いておくわけにはいかないでしょう？」

家臣の一人がそう進言したが、クライスは頭を左右に振って答えた。

「ラディアは、我が国を救うために女神に扮し、私の元へ嫁いできてくれたんだ。正体を知られないよう部屋に籠り、この国の者の前では声を出すことも出来ず、そんな窮屈な生活を一年も送ってくれた。それは全てトールバルド国に希望をもたらすためにだ」

家臣たちが口を噤み、室内にはクライスの声だけが響く。

「本物だとか偽物だとかは重要ではない。トールバルド国を立て直してくれたのは、ここにいるラディアだ。誰がなんと言おうと、ラディアは我が国の女神だ」

国王であるクライスの言葉に、家臣たちは互いに目を見合わせる。

「それに、ラディアが男であることに、私は早い段階で気づいていた。クスタ島に女神を求めて渡ったハーベルからも、事情を聞いた。ラディアばかりを責めないでくれ。皆に黙っていたという点では、私も同罪だ」

家臣たちは息を飲み、そして、誰からともなく跪き頭を垂れた。

「クライス様のおっしゃる通りです。ラディア様は、我が国の窮地を救ってくれた女神です。……ラディア様、先ほどのご無礼、申し訳ございません」

この時、ラディアは何が起こったのか理解出来なかった。

偽物の女神である自分を認め、非礼を詫《わ》びてくる家臣たちを前に、ただただ驚いて言葉が出ない。

そんなラディアの肩に、クライスがそっと手を置いてきた。

「君がいてくれたから、この国はこうして存続出来ている。心から感謝している」

「クライス様……」

クライスの言葉があったから、皆に受け入れてもらえた。感謝するのはこちらの方だ。

クライスはラディアに微笑みかけ、そして次にマーカスへ視線を移す。

「マーカス王子、貴公の言いたいことはそれだけか？」

「……っ」

マーカスは自身の思惑通りにいかなかったことが悔しいようで、ギリッと歯噛みする。

「……どうせ一時《いっとき》のことだ。こんな辺鄙な地にある国が、豊かになれるはずがない」

「なら、なぜそんなに我が国を欲しがるんだ？」

マーカス王子は俯き、地を這うような声音で吐き捨てた。

「……我が国の方が、この国よりずっと優れている。それに、トールバルド国の国王は、偽物の女神を掴まされた間抜けな男だ。……なのになぜ家臣はお前の言葉を聞く？」

こみ上げてくる怒りを押さえ込もうとしているのか、ブルブルと身体を震わせ、憎しみの籠った眼差しをクライスに向ける。

「いずれ消滅するような弱小国だが、他国への侵略の足がかりにはなるだろうと取引を持ちかけてやったのに。偽物の女神が余計なことをして、僕の計画を妨害してきた。我がバリール国がこんなに小さな国にあしらわれたのかと、怒りが湧いた。だから、トールバルド国の何もかもを奪い、我が国の力を見せてやろうとしただけだ」

――この人はいったい、何を言っているんだろう。

連れ去られた時もマーカスの持論を聞いたが、改めて聞いても理解出来ない。

「どうして、そんな風にしか考えられないんですか……？」

自分の思い通りにならないからと力ずくで手に入れようとするなんて、その行動原理がラディアには理解出来ず、つい言葉が口をついて出てしまった。

独り言のように呟いた言葉だったが、静まり返った牢内に大きく響いてしまい、マーカスがラディアを鋭く睨みつけてくる。

「うるさい！　その目で見るなと言っただろ！　君も、バリール国の民も、なぜそんな目で僕を見るんだ⁉　僕は国を豊かにするために、病に伏せる父に代わり、危険を冒して領地を広げているというのに。どうして悲しそうな顔をする？　どうして……、どうして、我が国はいっこうに豊かにならない？」

こちらに質問しているようで、これは自身への問いかけだ。

バリール国は他国と次々に争い事を起こし、侵略し、支配下に置いている。

なぜそんなことをするのか疑問を抱いていたが、マーカスはただ国を豊かにしようと思い、他国の領地を奪い続けてきたのだ。

しかし、自国ではなく他国にばかり目を向けていれば、たび重なる争いにより民が疲弊し、国が荒れていっているとしても気がつかないだろう。

マーカスは大事なことをわかっていない。

領地が広くなっても豊かさを持ちえない国では、民は幸せになれない。

たとえ小さな国土でも、どんなに厳しい環境でも、国王が民の生活を一番に考え行動することで、結果的に国が豊かになる。国を大きくすることが全てではない。

──彼は間違っている。

マーカスは国を守っているつもりでも、バリール国の民はきっと涙を流している。マーカスはきちんと彼らを見ていないのだ。

けれどそのことに気づかないマーカスは、また過《あやま》ちを犯そうとした。

おそらく、マーカスがトールバルド国に執着しているのは、ただの嫉妬心からのこと。

隣国だから、トールバルド国の苦しい状況をよく知っていたようだが、ふと気がつけばトールバルド国の財政は豊かになっており、国王であるクライスは民や家臣に敬愛され、他国との親交も深めていた。

トールバルド国の現状は、マーカスが目指していた国の在《あ》り方そのものに映ったのだろう。

だから、マーカスが欲しかったものを手に入れたクライスに嫉妬し、全て奪ってやろうと画策した。

――でも、それじゃあ誰も幸せにならない。

そのことをマーカスに気づいてほしくて、ラディアは言葉を重ねる。

「領土の広さなんて問題じゃなく、民の生活を一番に考えて幸せにしようと心を砕けば、結果的に国が潤います。クライス様は、ただ民のためを思って動いてきました。だからトールバルド国は豊かになったんです」

マーカスはカッと目を見開き、即座に反論してくる。

「僕だって同じだ！　豊かな国の領土を手に入れれば、民の生活も楽になる。それだけを考えてきた」

「違います。そうじゃないんです」

「何が違うというんだ？　僕は間違っていない」

マーカスは真っ直ぐラディアを見つめてくる。自分のこれまでの行動は正しかったと思い込んでいるのだろう。

どう言えば伝わるのかと考えていると、クライスが後を引き継いでくれた。

「確かに、バリール国よりトールバルド国は領土に恵まれていない。だが、私は一度として他国の領土を奪うことで国の財政を改善しようなどと考えたことはない。そんなことをしたら、争いに巻き込まれた民が傷つくからだ。貴公はラディアの言う通り、国と民を守る方法を間違えた」

そこまで言われて、マーカスは驚愕したように目を見開き、言葉を失う。

クライスは護衛や家臣の制止を振り切り、マーカスに歩み寄る。

「だが、まだ国を立て直せる。もし貴公が、民の幸せとは何かということを改めて考え、もう周辺の国を脅かさないとこの場で誓ってくれるのなら、拘束を解き、国まで送り届けると約束する」

「見逃すというのか？　僕はあなたを殺そうとしたのに」

「バリール国には、長年助けられてきた。長い冬に入る前に、自国で賄いきれない食料や薪《まき》などを分けてもらっていた。今度はこちらが助ける番だ。トールバルド国と友好関係を結んでくれるのなら、バリール国の再建に協力しよう」

マーカスは唇を戦慄かせ、ポツリと呟く。

「僕は、どうするべきなんだ……？」

「民のために、最良の選択をすればいい。それが王族としての務めだ」

クライスの諭すような言葉に、マーカスはきつく瞼を閉じ、自身のこれまでの行いを悔いているかのように唇を噛みしめた。

気持ちの整理をするためか一つ大きく深呼吸してから顔を上げ、マーカスは告げた。

「その申し出、受けさせていただく。もう民を苦しめるような無益な争いは起こさないと誓う。クライス国王、バリール国に住まう民のために、王子として僕がするべきことを教えていただきたい」

「もちろんだ。これからも隣国として、支え合っていこう」

クライスはマーカスの過ちを許し、手を差し伸べる道を選んだ。

自身の命を狙った相手を許すことは、並大抵のことでは出来ないだろう。

だが、クライスはマーカスがこんなことをしてしまった背景には、国を豊かにしたいという自分と同じ思いがあるのだと知り、正しい道へ導こうとしている。

その後、マーカスはクライスに改めて謝罪し、そしてラディアにもひどいことをしたと頭を下げ詫びてくれた。

次期国王という身でありながらも、間違いを認め謝罪することが出来る人なのだから、きっと彼もいい国王になる。民を思う国王が治める国は、たとえどんな苦境に立たされても困難を乗り越えられるはずだ。

それを、クライスが証明してくれた。

拘束を解かれた後、マーカスは解放された兵士たちを引き連れ、自国へと帰って行った。

それを見送りながら、クライスがラディアの反応を窺うように顔を覗き込んでくる。

「君を危険な目に遭わせたことはもちろん許せないが、私には彼がそこまで悪い人間には見えなかった。まだやり直せると思い、解放したが……」

だが君はこれでよかっただろうか、とクライスは心配そうに尋ねてきた。

ラディアは微笑み、「もちろんです」と返す。

自分も同じことを考えていた。

マーカスが私欲のためだけに動く人間だったら、許すことは難しかっただろう。

だが、彼はやり方は間違っていたが、民のためにと行動し、そして自身の間違いに気づくことが出来た。

だからバリール国も豊かな国になれる。

一年の大部分を雪に覆われ閉ざされるこの国を守《も》り立てた、クライスの協力があるのだから。

よき隣人として、これからはいい関係を築いていけるだろう。

そして、私情に惑わされることなくこの結末へと事態を導いたクライスのことを、ラディアは改めて素晴らしい国王だと感じた。

優しくて寛大で、とても強靭《きょうじん》な心を持っている人。

そんな人の傍にいられる自分を、ラディアは誇らしくさえ思った。

「本当に大丈夫？」

『もう完全によくなった。冬の間ずっと安静にしていたから、空を飛びたくて飛びたくて、我慢の限界なんだ』

馬車に揺られるラディアの腕の中で、ジュエルがウズウズした様子で身じろぎする。

ジュエルは翼を痛めてしまい、羽根を広げられないよう包帯で頑丈に固定された状態で、数ヶ月を過ごした。

雪解けの兆しが見え始めた頃にようやく完治したと医者にお墨つきをもらい、包帯を取ってからは元通りに飛べるように翼を動かす練習を一ヶ月間、ラディアと一緒に繰り返し行ってきたのだ。

そうして今日、かつて訪れた郊外の村へ行き、そこでジュエルを飛ばしてみることになった。

「もし、途中で落ちたらどうしよう？」

やっぱりまだ外で飛ぶのは早いのでは、とラディアが不安を口にすると、ジュエルがどうにかしてくれと言わんばかりに、向かいの席に座るクライスに視線を送る。

クライスはジュエルの言葉は聞こえないが、雰囲気でなんとなく察したようだ。

苦笑しながらラディアを説得してくる。

「医者ももう飛べる状態だと言っていただろう？　心配なのはわかるが、このまま部屋にずっと閉じ込めておいたら筋力が落ちて、本当に飛べなくなってしまうかもしれない。思い切って飛ばしてやることも大切だ」

「……そうですね。わかりました、僕も覚悟を決めます」

するとジュエルがクライスの援護を得られたことで調子に乗り始める。

『ほう、こやつは優男《やさおとこ》で頼りなさげに見えたが、なかなか思い切りがいいじゃないか。これからラディアが俺の言うことを聞かなかったら、クライスに説得してもらうことにするか』

「クライス様をそんなことで煩わせないでよ？　忙しい人なんだから」

呆《あき》れながら注意すると、クライスが「私のことを何か言ってるのか？」と聞いてきた。

こんな失礼な話を聞かせられないと、ラディアは適当に誤魔化し窓の外へ視線を向ける。

ようやく長い冬が終わり、短い夏がやって来た。

今年は去年よりも多くの氷を用意してあるため、さらに忙しくなるだろう。

クライスも毎日政務に勤しんでいるが、そんな中で今日、時間を作って外へ連れ出してくれた。

真っ白だった外の景色は、木々の緑や花の色で彩られ、見る者の心を弾ませてくれる。夏が来たのだという実感が湧いてきて、ラディアも車窓から外の景色を楽しんだ。

そうして馬車は進んで行き、目的地である村へ到着した。

村人たちは今か今かと待っていたようで、道にたくさんの人々が集まり歓迎してくれる。

「クライス様、ラディア様、ようこそおいでくださいました」

村長が進み出てにこやかに挨拶すると、クライスもそれに返礼し、ジュエルを飛ばせられる広い場所はないか尋ねてくれる。

その時、集まった人々の中から子供が一人飛び出して来た。

その子には見覚えがある。以前、訪れた時に手を振ってくれた子だ。

──わあ、大きくなっている。

子供の成長は早いな、と感心していると、子供がラディアの抱いているジュエルを指さして言った。

「めがみさま、なんでワシをつれてるの？　かみさまのつかいは、フクロウでしょ？」

おそらく、この場に集まった村人たちも疑問を抱いているだろう。

城で働く使用人たちには、ラディアが男性であることやジュエルがフクロウでないことをなんとなく知られているが、あえてそのことを指摘してくる者はおらず、国を救ってくれた女神と神の使いとして今も丁重に接してくれている。

だが、城の外で暮らす国民たちは、まだラディアの正体を知らない者が大半だ。

だから女神がなぜ別の鳥を抱いているのかと、この子は純粋に疑問を抱いたらしい。

もう隠すつもりはないが、国民を失望させないためにも女神のふりを続けた方がいいのだろうか。

ラディアが迷っていると、クライスにいきなり肩を抱き寄せられた。

「彼はこの国の女神だ。そして、彼が連れているのはフクロウではなくワシ。他国の女神とは少し異なる部分はあるが、我が国を救ってくれたことに違いはない」

クライスが臆することなく堂々と告げると、村人たちは驚くほどすんなりと好意的に受け止めてくれた。きっと、女神が本物かどうかより、実際に生活を豊かにしてくれたことの方が重要だと考えてくれたのだろう。

──よかった、がっかりさせなくて。

落胆されなかったことに安堵していると、子供がジュエルを指さし、また質問してきた。

「このこのおなまえは、なんていうの？」

「ジュエルっていうんだ。僕にとって、宝石みたいに価値のある大事な子だから」

ラディアが丁寧に答えると、子供が目を丸くし大声を上げた。

「めがみさまが、しゃべった！」

「え、えっと……？」

話してはいけなかったのだろうか？

女神は民と言葉を交わしてはいけない、という禁止事項はなかったはずだが……。

ラディアが困惑していると、子供は無邪気な笑顔を向けてくる。

「よかったね！　めがみさま、まえはこえをだせなかったから、びょうきかとおもって、しんぱいだったんだ。はなせるようになって、よかった」

ニコニコしながら言われて、ラディアは胸が温かくなった。

この子だけでなく村の人々は誰一人として、ラディアが本物の女神ではないと知っても負の感情を向けてこない。

こんなにすんなり受け入れてもらえるなら、最初から嘘なんてつかないでおけばよかったと思った。

——これからは、もう嘘はつかない。

人を騙すことで、とても苦しんだ。自分を受け入れてくれた人々に、二度と嘘なんてつきたくない。

ラディアは村人たちと別れ、村長に案内されて川辺に移動した。ここなら空が開けているから、ジュエルが飛ぶ様子もよく観察出来る。

クライスは村長を先に帰し、ラディアはジュエルを左腕に乗せてから空へと飛び立たせた。

ちゃんと飛べるかすごく心配だったが、ジュエルは危うげなく大空を悠々と飛んでいく。

「よかった、飛んでる」

ホッと嘆息すると、隣にクライスが寄り添い、手を重ねられた。

「君と出会う前は、夏が来る日が待ち遠しかった。だが今は、早く雪深い冬がやってこないかと願ってしまう。雪が降っていれば城の外に出ることがなくなり、愛する君とずっと共にいられるのにと」

この真面目《まじめ》な人が、こんなことを言うだなんて。

でも、一緒にいたいと思ってもらえて素直に嬉しかった。

「ラディア」

絡めた長い指に、力が込められる。

「君の代わりはいない。三年後も、十年後も、二十年後も、ずっと私の隣にいてほしい」

トールバルド国へ来て二年。

当初の予定では、あと三年でクスタ島へ帰り、代わりに本物の女神である妹のサリーが新たな花嫁としてクライスの元へ嫁ぐ計画だった。

けれどクライスは、本物の女神を手に入れることも出来るのに、ラディアを選んでくれた。女神でもない自分をこんなに望んでくれる人は、他にいない。

胸の奥から熱いものがこみ上げてきて、ラディアは声を震わせた。

「僕で、いいんですか？」

クライスはラディアの不安をかき消すように、明るい笑みを浮かべる。

「君はトールバルド国の女神だ。そして、私のただ一人の正妃。どうか、この先の未来も私と共にいてくれないか?」

「はい……っ」

ラディアはクライスへの愛おしさが募り、思わず抱きついてしまった。

突然のことに驚いただろうに、彼は優しく包み込んでくれる。

短い夏が終われば、雪に何もかもを覆いつくされる長い冬がやってくる。

大地を覆う白銀の雪を、初めて見た時から綺麗だと思っていた。特に、太陽の光を受けて輝く様がこの上なく美しい。

今は、以前よりもさらに美しく、愛おしく感じる。

その時、涼やかな風が吹き、クライスの銀色の髪がサラリと揺れた。それを見て、ラディアはなぜこんなにも雪に心を奪われたのか、ようやく気づく。

——クライス様の髪と、同じ色なんだ。

この先もずっと共にいられることに喜びを噛みしめながら、トールバルド国の厳しくも甘い冬の訪れが、ラディアにも待ち遠しく感じられた。

あとがき

このたびはお手に取っていただき、ありがとうございます。

今回は雪国のお話を書きたくて、雪に悩まされる国王と、その国の窮状を救うべく嫁いだ女神のお話を書かせていただきました。

内容的には王道だと思いますが、ラディアは偽物の女神だという負い目があるためなかなかクライスの気持ちを受け入れられなくて、もどかしく思いながら書いてました。

私的にツボのシーンは、ジュエルがこっそり部屋を覗いてて、それが窓に映ってクライスに早々に正体がばれてたところです！　私はジュエル推しです。

（注：ここから先の名前については、本編をお読みになったあとに目を通してください）

いつも連想ゲームのようにキャラの名前をつけていますが、今作はなんとなくこんな名前が合うかな、と決めました。

あ、ハーベルだけはお菓子から取りました！　名前を考えている時に、無性にハーベストが食べたくなって、そのままだと私がハーベストを食べたがっているのがばれてしまうと思い、『ハーベル』にしました。

あと、これは著者校正中に起こった珍事なのですが、体調不良というのもあったのでしょう、『クライス』という名前を見るたびに「あ、名前間違ってる！『タコライス』になってた！」と慌てました（笑）でもご心配なく。ちゃんと全部『クライス』でしたから！


そんなクライスをとても素敵に書いてくださったサマミヤ先生、ありがとうございます！　クライスが王子様すぎて大変嬉しかったです。また、表紙の構図もとても好みでして、クライスがラディアのことを大切に想っているのが伝わってきました。

担当様にもいつも以上にお世話になりました。体調不良になるわゲラが送れないわで、ご迷惑をおかけして申し訳ございませんでした。ありがとうございました。

そして、本作をお読みくださった皆様、本当にありがとうございます。皆様のおかげでこうしてまた一冊本を書かせていただくことが出来ました。どこか少しでもお心に残るシーンがありましたら幸いです。

それでは、またどこかでお目にかかれる日が来ることを祈りつつ、最後までおつき合いいただき、ありがとうございました。

月森《つきもり》　あき

リンクスロマンスノベル

白銀王の身代わり花嫁 ～嘘とかりそめの新婚生活～

2024年1月31日 第1刷発行

著　者　月《つき》森《もり》あき

イラスト　サマミヤアカザ

発行人　石原正康

発行元　株式会社 幻冬舎コミックス
〒151-0051 東京都渋谷区千駄ヶ谷4-9-7
電話03（5411）6431（編集）

発売元　株式会社 幻冬舎
〒151-0051 東京都渋谷区千駄ヶ谷4-9-7
電話03（5411）6222（営業）
振替　00120-8-767643

デザイン　Blankie

印刷・製本所　株式会社光邦

検印廃止

／ISBN978-4-344-85365-2 C0093／Printed in Japan
幻冬舎コミックスホームページ　https://www.gentosha-comics.net